Siegfried Arnold

Agatha mit der Zwiebel

Eine Liebesgeschichte

L.A.M.

Siegfried Arnold

geboren 1945, besuchte von 1955 bis1965 das Musikgymnasium der Regensburger Domspatzen. Nach dem Abitur studierte er Germanistik, Geschichte und Musikwissenschaft, später auch noch Schulmusik. Er betätigte sich als Musiklehrer, war längere Zeit in der Lehrerausbildung tätig und machte sich einen Namen als Kirchenorganist und als Komponist. Im Sonat Verlag Berlin wurden einige seiner Werke veröffentlicht. Als Autor wurde er durch seine Kurzgeschichten und Essays bekannt.

Agatha mit der Zwiebel

Eine Liebesgeschichte

von

Siegfried Arnold

bearbeitet und herausgegeben von

L. Alexander Metz

© L. Alexander Metz 2021

Herstellung und Verlag:
BoD - Books on Demand, Norderstedt

Umschlaggestaltung und Fotobearbeitung:
L. A. Metz München

Titelbild:
Raimundo de Madrazo - Junge Frau entblättert eine Margerite
mit Genehmigung von reproArte, 04668 Grimma

ISBN: 978-3-7534-2425-5

Herausgeber:
L.A.M.
L. Alexander Metz
Hildegardstraße 6
80539 München

Inhaltsverzeichnis

VON EINER BEINAH-KATASTROPHE

Um die Mittagszeit ist es immer am schlimmsten, dachte die Bibliothekarin und seufzte tief auf. Einfach nichts los. Alle in der Mensa oder Cafeteria. Und hier? Kein Mensch.

Zu tun gibt es auch nicht viel, der Bucheingang ist aufgeräumt. Neue Nachrichten sind auch keine eingetroffen. Also was tun? Bleistifte spitzen?

Na, Gott sei Dank, da kommt ja jemand.

„Ich bringe meine Sachen zurück", sagte ein junges Mädchen und legte einen Stoß Noten auf den Tisch der Ausleihe in der Universitätsbibliothek.

„Ihren Ausweis bitte!", kam es im trockenen Ton von der Bibliothekarin hinter der Theke. „Agatha Schönfelder? – Ja stimmt so. Vollständig und pünktlich. – Der Nächste bitte!"

„Hier hab ich aber noch etwas", fügte das Mädchen hinzu. „Draußen vor dem Kopierer hat jemand das hier vergessen."

Sie schob der Angestellten einen Packen Kopien hin.

„Ach, diese Schlamper!", seufzte diese. „Jeden Tag vergisst irgendeiner irgendetwas. Und bei mir staut sich dann der gesamte Kram, weil viele ihr Zeug einfach nicht abholen. Jedenfalls vielen Dank auch. Und jetzt der Nächste bitte!"

Etwa zur selben Zeit suchte der Student Paul Lustig verzweifelt auf seinem Schreibtisch und in seiner Tasche nach 15 Kopien, die er seiner Zulassungsarbeit hinzufügen musste. Mit dem Studium war er endlich fertig. Nun war die Arbeit in zwei

Tagen abzugeben. Dann folgten später die schriftlichen Prüfungen in Geschichte, Germanistik und Volkskunde. Aber so? Eine unvollständige Arbeit durfte er nicht vorlegen, damit würde er die gesamte Prüfung gefährden. Wieder und wieder durchwühlte er die Papierstöße auf seinem Schreibtisch – ohne Ergebnis.

Paul Lustig zermarterte sich das Hirn, wo er diese verd... Kopien wohl liegen gelassen hatte. Dass er mit den Büchern vor dem Kopiergerät in der Unibibliothek gestanden hatte, das wusste er genau. Aber danach? Er hatte noch einen Kommilitonen angerufen, in der Mensa eine Kleinigkeit gegessen und war in seiner Lieblingsbuchhandlung gewesen. Eigentlich konnte er sie nur in der Bibliothek vergessen haben. Es blieb ihm nichts anderes übrig, als all diese Stationen noch einmal abzuklappern und zu hoffen, dass keiner die Kopien weggeworfen hatte.

In der Buchhandlung und in der Mensa war niemandem etwas aufgefallen, der Kommilitone hatte auch nicht bemerkt, dass auf seinem Schreibtisch etwa Blätter lagen, die ihm nicht gehörten, es blieb also nur noch die Universitätsbibliothek übrig.

Hoffentlich hat sie dort jemand bemerkt! Hoffentlich sind sie noch da! Was mach ich bloß, wenn die Kopien verschwunden sind? Die gesamte Arbeit noch einmal schreiben? Auf den nächsten Prüfungstermin in einem halben Jahr warten?

Undenkbar! Paul fing an zu schwitzen.

Er warf sich in seinen alten Polo und raste zur Bibliothek. Nur gut, dass keine Polizeistreife unterwegs war. Gut auch, dass der Straßenverkehr zügig lief und er in keinen Stau geriet. So erreichte er eine Viertelstunde vor der Schließung das alte Gemäuer, stürzte die Steintreppen hinauf und stand nun keuchend und schwitzend an der Theke der missbilligenden Angestellten gegenüber.

„Entschuldigung! Hat hier jemand Kopien bei Ihnen abgegeben? Ich war vor ungefähr zwei Stunden hier und muss sie liegengelassen haben!"

„Sie heißen?"

„Paul Lustig. Auf den Kopien sind Diagramme zu sehen."

Die Bibliotheksangestellte zog einen Stoß Blätter aus der Ablage hervor. „Könnt ihr Studenten denn nicht besser auf euren Kram aufpassen? Jeden Tag lässt irgendeiner was liegen. Und alles landet bei mir! Hier! Schauen Sie das Zeug mal durch! Vielleicht sind Ihre Kopien dabei", und sie warf Paul die Blätter hin.

Paul blätterte fieberhaft den Stoß durch und – sie waren da! Nicht zerknittert, vollständig und sauber!

Paul hätte jubeln und die Angestellte küssen mögen, wenn sie nur nicht so unfreundlich und etwas hübscher gewesen wäre.

„Ich danke Ihnen! Meine Prüfung ist gerettet. – Wissen Sie noch, wer die Blätter bei Ihnen abgegeben hat? Ich möchte mich gern bei der Person erkenntlich zeigen."

Die Angestellte überlegte. „Das war eine Studentin vom Konservatorium, die hier manchmal Musikalien ausleiht. Sie war heute Nachmittag hier und heißt – mit Vornamen – Agatha. Mehr kann ich Ihnen nicht sagen. Ach ja, sie hat so einen dicken Haarknoten."

Ein Student, der hinter Paul wartete und das Gespräch mitbekommen hatte, schaltete sich ein: „So oin Dutt nennd ma bei uns a Zwiefl. Und des Mädle kenn i. De hoischd Agatha und schaffd im Cafe Wien als Kellnere."

Paul drehte sich unwillig um ob des ungebetenen Dreinredens, bedankte sich aber trotzdem. Schließlich war er seinem Wunsch, Danke zu sagen, ein Stück näher gekommen.

Aus Pauls Tagebuch:

Mein Gott, was war das für ein Tag! Erst die Angst, dass ein ganzes Semester verloren sein könnte, dann die Erlösung, weil irgendeine gute Seele meine Unterlagen nicht weggeworfen, sondern brav bei der Buchausgabe abgegeben hatte. Und dann heißt dieses Mädchen auch noch Agatha! Wie kann man nur so heißen! Und trägt einen Haarknoten! Mein Gott, wie altmodisch. Ich kann sie mir gut vorstellen: dürr und lang, griesgrämig, hässlich. Aber bedanken muss ich mich. Na, ich werde morgen mal in dem Café vorbeischauen.

VON DER SUCHE NACH DER ZWIEBEL

Am nächsten Vormittag war Paul erst einmal mit seiner Zulassungsarbeit beschäftigt. Seite für Seite kontrollieren, die neuen Kopien einsortieren, Bildtitel und Diagramme auf Richtigkeit überprüfen, Quellenverzeichnis und Fußnoten durchsehen, den vorgeschriebenen Titel nebst Fach und Namen kontrollieren, eine Text-CD erstellen, alles zusammen in ein festes Kuvert packen und in der muffigen Prüfungskanzlei abgeben.

Als Paul die Universität wieder verließ, atmete er tief durch. Fünf Jahre lang war er hier fast täglich ein und aus gegangen, hatte manch langweilige Vorlesung überstanden, hatte über Büchern geschwitzt und in Bildschirme gestarrt und mehr als einmal Gleichaltrige beneidet, die längst in Arbeit und Brot standen. Aber nun war bald alles vorbei, die schriftlichen Prüfungen noch, und das Leben konnte beginnen. Er würde sich dann nach einer Arbeitsstelle umsehen und endlich sein eigener Herr sein. Ihm wurde ganz leicht zumute, als er sich seine Zukunft so ausmalte.

Aber zuvor wollte er noch die Person ausfindig machen, der er die Vollständigkeit seiner Zulassungsarbeit zu verdanken hatte. Die ganze Nacht war er immer wieder versucht, deren Ehrlichkeit und Anstand herunterzuspielen. Sie hatte ja nicht wissen können, wie wichtig ihm diese Kopien waren. Am Morgen aber war es ihm schäbig vorgekommen, sich um das Dankeschön zu drücken. Darum steuerte er gegen Mittag das Café Wien an, wo diese Studentin als Kellnerin arbeitete.

Das Café lag abseits der großen, belebten Straßen in einer stillen Gasse. Es hatte wenig Laufkundschaft, dafür aber viele treue Stammgäste. Das lag nicht nur an den zivilen Preisen, sondern auch an dem morbiden, leicht heruntergekommenen Charme, bei dem sich die meist älteren Gäste hier wohl fühlten.

Die Polsterstühle waren ziemlich abgewetzt, die runden Tische nicht alle standfest und die Stahlstiche an den Wänden ausgebleicht. Wand und Decke hätten schon längst mal einen neuen Anstrich verdient. Die Kaffeemaschine zischte und puffte, die Schwingtüre zur Toilette tat wie ein Schluckauf. Dennoch war es gemütlich in dem gut besetzten Raum. Es roch nach Kaffee und Kölnisch Wasser, die Kaffeemaschine gurgelte unentwegt, die großen Tassen klirrten und die Kuchengabeln klapperten; das nicht enden wollende Geplapper der alten Damen schwoll an und ab, nur mal unterbrochen von Gekicher oder einer kreischenden Lache.

Als Paul durch den Raum zum Tresen ging, wurde er von vielen Augen verfolgt und gemustert. Es war eben selten, dass sich ein junger Mann hierher verirrte. Was konnte der denn wollen?

„Entschuldigen Sie", sagte Paul zu dem Fräulein am Tresen. „Ich suche eine Kollegin von Ihnen. Sie heißt Agatha, den Nachnamen kenne ich leider nicht. Ich möchte sie gerne mal sprechen."

„Meinen Sie das Fräulein Schönfelder? Die heißt mit Vornamen Agatha und arbeitet auch an bestimmten Tagen hier."

„Sie soll einen Haarknoten, einen Dutt, tragen. Stimmt das?", versicherte sich Paul.

Das Fräulein lachte. „Ja, das ist sie schon, die Agatha. Leider ist sie heute nicht da. Sie hat ihren freien Tag. Aber ich kann Ihnen sagen, wo sie wohnt."

„Oh, das wäre sehr nett. Ich möchte mich nämlich bei ihr bedanken."

Das Fräulein sah Paul überrascht an. „Bedanken kommt bei uns selten vor", meinte sie, „da wird sich die Agatha sicherlich freuen." Dann kritzelte sie rasch deren Adresse auf einen Zettel. „Morgen wäre sie übrigens wieder hier, wenn Sie ..."

„Ich probier's erst einmal mit der Adresse", überlegte Paul, bedankte sich und verließ das Café.

Pauls nächstes Ziel war ein früher mal herrschaftliches Haus in der Bachgasse. Dort klingelte er bei Frau Bräsl im ersten Stock, bei der das Fräulein Schönfelder zur Untermiete wohnte. Im Treppenhaus roch es nach Putzmittel und abgestandener Luft. Die ausgetretenen Holzstufen knarzten so laut, dass wohl jeder im Haus mitbekam, wenn einer Besuch hatte. Paul klingelte.

Nach einer Weile hörte er hinter der Glastür jemanden schlurfen. Dann öffnete sich die Wohnungstür einen schmalen Spalt und eine alte Frau schaute ihn ziemlich verdrießlich an. Klein, rundlich, graues Haar – eine typische Vermieterin. Außerdem roch es nach Kernseife und Sauerkraut.

„Was wollet se?", fragte sie unfreundlich.

„Entschuldigen Sie, wohnt hier ein Fräulein Schönfelder? Agatha Schönfelder?"

„Scho. Die isch abr net dahoim. Die isch zum Üaba ins Konserfadorium."

Paul wollte schon wieder gehen, da ließ sich eine helle junge Stimme aus den Tiefen der Wohnung hören: „Wer ist denn da, Frau Bräsl?"

Diese verzog keine Miene, als sie die Stimme aus dem Hintergrund vernahm.

„A junger Ma. Er had ned g'said, was er will." Frau Bräsl ließ kein Zeichen von Entgegenkommen oder Freundlichkeit erkennen. Sie stand Wache an der Wohnungstür wie ein Soldat.

„Ich bin gerade beim Haarewaschen. Ich kann jetzt nicht. Sagen Sie ihm, er soll morgen ins Café kommen."

„Sie hend g'härd, was se g'said hät", zischte Frau Zerberus und schlug die Türe hinter sich zu.

VON DER ZWIEBEL AUSSEHEN UND NA-MEN

Am Nachmittag des folgenden Tages kam Paul wieder ins Café Wien. Abermals war es gut besucht. Paul fand dennoch einen kleinen Ecktisch, von dem aus er den Raum überblicken konnte. Auf den Stuhl neben sich legte er einen Blumenstrauß, welchen er kurz vorher an einer Tankstelle besorgt hatte.

Paul erkannte das Fräulein Agatha Schönfelder gleich an ihrem Haarknoten und war von ihrem Aussehen nicht wenig überrascht.

Sie sah so völlig anders aus, als er sie sich vorgestellt hatte. Nicht lang und dürr, sondern eher klein, von wohlgeformter Figur und mit einem schwarzen Rock und weißer Bluse sehr adrett gekleidet. Ihr Gesicht hatte etwas Sanftes, Madonnenhaftes an sich, umrahmt von dunklen Haaren und gekrönt von einem imponierenden Haarknoten, den wiederum ein rotes Band zusammen hielt. Eine glatte Stirn, dunkle, lebhafte Augen, hohe, gebogene Augenbrauen und ein Mund, dessen Mundwinkel leicht nach oben zeigten, strahlten eine natürliche Freundlichkeit und Heiterkeit aus. Für einen Akzent sorgten ein kleiner Leberfleck auf der linken Wange und einige Sommersprossen über der Nase.

Paul war fasziniert. Das Mädchen war eine Schönheit von ganz besonderer Art. Als sie nun, von ihrer Kollegin zu ihm geschickt, an seinen Tisch trat, bemerkte er, dass sie außer etwas Lippenstift keinerlei Makeup aufgelegt hatte. Ihre Haut war in Farbe und Glätte wie von Elfenbein.

„Sie wollten mich sprechen?", fragte Fräulein Schönfelder. „Was darf ich Ihnen bringen?"

„Ich wollte ... äh! ... mich nur bei Ihnen bedanken, wegen der geretteten Kopien. – Und bringen Sie mir einen Kaffee, bitte!" stotterte er, von ihrem Anblick ein wenig aus der Fassung gebracht.

„Ach das", erwiderte Fräulein Agatha, „das war doch selbstverständlich", und fügte hinzu, dass sie in einer halben Stunde frei hätte und sie dann miteinander sprechen könnten.

Paul wartete also. Und während er wartete, verfolgte er jeden ihrer Schritte und jede Bewegung. Und je länger er ihr zusah, umso weniger störte ihn der Vorname Agatha. Ja, er fand ihn zuletzt recht melodisch und passend zu ihrem geschmeidigen Gang und den weichen Gesten. Besonders amüsierte er sich über ihren Dutt. Da Agatha nicht sehr groß war, sah man mitunter nur noch diesen, er schien dann über den Menschen im Raum zu schweben.

Endlich war ihr Dienst beendet. Umgezogen und nun in Jeans und Parka kam das Mädchen zu Paul.

„Gehen wir? Ich hab jetzt Zeit."

Paul nahm den Blumenstrauß vom Stuhl und reichte ihn Fräulein Schönfelder. „Ich will mich endlich bei Ihnen bedanken. Sie haben mich vor einer Katastrophe bewahrt, indem Sie meine Kopien gerettet und an der Bibliotheksausleihe abgegeben haben. Ich hätte sonst meine Zulassungsarbeit nicht einreichen können und somit mindestens ein halbes Jahr verloren. – Darf ich Sie zum Abendessen einladen?"

„Aber gern. Und sagen wir doch einfach ‚Du' zueinander. Ich heiße Agatha."

„Und ich Paul. Paul Lustig. – Wohin sollen wir zum Essen gehen? Kennen Sie ... Ach nein! Kennst du ein Lokal in der Nähe?"

„Oh ja. Gar nicht weit von hier ist eine alte Wirtschaft mit Biergarten, der natürlich um diese Jahreszeit noch nicht geöffnet ist. ,Zum Stern' heißt sie. Die Wirtsstube ist sehr gemütlich, das Essen gut und die Preise sind menschenfreundlich."

Im ,Stern' führte Paul – nun ganz Kavalier – Agatha zu einer Eckbank und half ihr aus dem Parka. Kaum saßen sie, kam auch schon die rundliche Bedienung an den Tisch.

„Woits was zum Essn? Und was zum Trinka?"

Agatha bestellte ein Weizenbier und Paul eine Radlerhalbe. Wegen der Essensauswahl wollten sie erst mal in die Karte schauen.

„Ich weiß schon, was ich will", sagte Agatha. „Einen Schweinebraten mit Knödel und Blaukraut."

Und als Paul sie ganz erstaunt anschaute, erklärte sie, dass sie schon nichts Süßes mehr sehen könne. Im Café gebe es ja nur fette Torten und Berge von Sahne.

Paul aß für sein Leben gern Kässpätzle mit Salat. Es freute ihn, dass Agatha sich für etwas Herzhaftes entschieden hatte.

Eigentlich hatte er bei ihrer zierlichen Figur eher was „Leichtes" erwartet, so wie es bei vielen Studentinnen in der Mensa üblich war. Ströme von Kaffee, eine undefinierbare Suppe, ein lätschiger Salat und eine ungesund aussehende Nachspeise.

Als die Bedienung die Getränke brachte, bestellte er die Speisen und dann stießen sie mit den Gläsern an.

„Ich muss mich aber auch bei dir bedanken", sagte Agatha. „Erst einmal für die Einladung zum Essen und dann für die wunderschönen Blumen." Und nach einer kleinen Pause: „Es ist nämlich das erste Mal, dass mir ein Mann Blumen schenkt."

„Beides lässt sich ja wiederholen", sagte Paul scherzhaft und beide lachten. Insgeheim aber wünschte sich jeder, dass es so sein möge.

„Und warum, wenn ich fragen darf, trägst du so eine – auffallende Frisur?"

Agatha kicherte. „Meine Chefin will das so. Entweder Kurzhaarfrisur oder Dutt oder Zopf. Wegen der Kundschaft, weißt du. Damit ja kein Haar auf den Kuchenteller fällt. Irgendein Gast – er stammte wohl aus Württemberg – nannte meinen Dutt dann eine ‚Halleluja-Zwiebel' oder ‚Glaubensfrucht'. Das hat wieder jemand mitbekommen, und im Nu war ich die Agatha mit der Zwiebel. Anfangs hab ich mich sehr geärgert, aber jetzt stört es mich gar nicht mehr. Ich hab mich dran gewöhnt, und genau genommen ist so ein Dutt auch ganz praktisch."

Aber da kam schon das Essen. Und beide machten sich mit großem Appetit darüber her. Zu zweit schmeckt es halt doch besser als allein oder gar in der Mensa. Paul wunderte sich nur, dass das zierliche Mädchen spielend leicht mit der großen Portion fertig wurde, und nahm sich vor, mit Agatha noch öfter in dieses heimelige Wirtshaus zu gehen.

VON AUSKÜNFTEN UND HERKÜNFTEN

Brief Pauls an seine Schwester Bärbl:

Liebe Bärbl,

mein Gott, was war das für eine Woche!
Du weißt ja, dass ich manchmal ein ziemlicher Schussel bin.
Aber diesmal war es besonders schlimm. Ich habe nämlich erst
zwei Tage vor Abgabetermin meine Zulassungsarbeit in Geschichte vervollständigt und dabei wichtige Kopien in der
Unibibliothek liegen lassen. Du kannst dir denken, in welche
Panik ich da geraten bin. Gott sei Dank hat eine Musikstudentin
sie an sich genommen und an der Ausleihe abgegeben, wo ich
sie dann kurz vor Dienstschluss abgeholt habe. Da habe ich
aber nochmal Glück gehabt!

Zwei Tage hat es dann gedauert, um den Namen des Mäd-
chens ausfindig zu machen, denn ich wollte mich unbedingt bei
ihm bedanken. Sie heißt Agatha Schönfelder. Hieß nicht die alte
Schrumpelziege im Kindergarten auch Agatha? Und genau so
habe ich mir das Fräulein Schönfelder vorgestellt.

Aber nein! Ganz, ganz anders ist sie. Eine sehr hübsche, zierliche junge Frau mit einem kleinen Leberfleck und einem beein-
druckenden Haarknoten, welcher ihr auch zu ihrem Spitznamen
verholfen hat: Agatha mit der Zwiebel.

Ich hab ihr ein paar Blümchen geschenkt und sie zum
Abendessen eingeladen. Kannst Du Dir vorstellen, dass sie
noch nie im Leben Blumen geschenkt bekam? Bei nächster Gelegenheit wollen wir uns wieder treffen. Ich möchte noch ein
bisschen mehr von ihr erfahren.

Ich möchte aber auch von Dir ein bisschen mehr erfahren. Wie es Dir im neuen Krankenhaus geht, ob der Dienst sehr stressig ist, ob Du nette Kolleginnen und Kollegen hast?

Rühr Dich mal und denk an deinen informationssüchtigen kleinen Bruder

PAUL

Brief Agathas an ihre Freundin Ina:

Liebe Ina,
stell Dir vor, ich habe einen Blumenstrauß bekommen! Das ist mir noch nie passiert. Noch dazu kriegte ich ihn von einem jungen Mann, einfach so wegen einer Gefälligkeit. Paul, so heißt er, ist Student und steht wohl kurz vor dem Examen, hat in der Uni irgendwelche Kopien liegen lassen. Ich habe sie an der Ausleihe der Bibliothek abgegeben und er hat mich gesucht und mir zum Dank die Blumen geschenkt und mich sogar zum Essen eingeladen. Ist das nicht toll!

Überhaupt ist Paul ein sehr netter Kerl. Sehr höflich, was ja heutzutage eher eine Seltenheit ist. Hat mir im Lokal den Parka abgenommen und den Stuhl zurechtgerückt, ist sauber gekleidet, wenn auch ein wenig spießig, und ist vor allem ein guter Zuhörer. Wenn du ihn dir so ansiehst, ist er wenig auffällig. Nicht gerade hässlich, aber auch kein Adonis. Doch wenn er spricht, ist es so, als ob du in einen Ohrensessel versinkst. Was er sagt, ist beinah egal. Es ist seine tiefe, weiche Stimme, die einen gefangen nimmt. Ich glaube, dass wir uns noch öfter treffen werden. Jedenfalls hat er gesagt, dass er bald wieder ins Café kommen will.

Ina, und nun habe ich noch ein Anliegen:

Du weißt, dass ich in Harmonielehre und vor allem bei den Modulationen ziemlich schwach bin. Ich hab ja auch selten Zeit dafür gehabt, weil ich immer zu diesem Termin gleichzeitig im Café Wien arbeiten musste. Magst Du Deinen lieben Mann Peter mal fragen, ob er mir ein wenig unter die Arme greifen kann? Einige Hinweise und Tipps geben?

Rein theoretisch weiß ich ja, wie das alles geht, aber sehr firm bin ich da nicht. Das wäre einfach großartig, wenn er mir helfen würde und auch mal die Klaviersonate abhören könnte.

Ich sag jetzt schon Dankeschön. Grüße Deinen lieben Mann von mir und lebt wohl. Kommst Du denn nicht bald mal wieder zurück? Die drei Konzerte müssten doch längst vorbei sein.

Deine Agatha

In der Zeit bis zu seiner Prüfung kam Paul, so oft es ging, ins Café Wien. Es machte ihm einfach Freude, Agatha bei der Arbeit zu beobachten. Niemals war sie kurz angebunden oder gar unfreundlich zu den Gästen. Immer servierte sie die Kännchen Kaffee und die Teller mit den voluminösen Tortenstücken darauf mit so viel Herzlichkeit, als wäre der Gast lange herbeigesehnt und prominent. Paul hatte den Eindruck, dass manche Damen schon deshalb ein zweites Stück orderten, damit sie von Agatha noch einmal bedient wurden. Außerdem war sie flink, ohne gehetzt zu wirken. Man sah ihr an, dass ihr die Arbeit Freude bereitete.

Weil es der Chefin aber nicht recht war, dass Paul ihre Kellnerin im Lokal abholte, obwohl Agathas Arbeit in keiner Weise darunter zu leiden hatte, schlug er vor, dass sie sich entweder bei ihm oder bei ihr oder bei schönem Wetter im Park treffen könnten.

Paul war ein Besuch bei ihr lieber, weil er Agatha für sich haben und sie nicht dem etwas ungehobelten Benehmen seiner Mitbewohner in der WG aussetzen wollte. Außerdem war es in ihrem Zimmerchen bei Frau Bräsl gemütlicher. Es war zwar klein, aber es hatte einen Erker, durch den viel Licht in den Raum strömte. Fotos von Agathas heimischen Bauernhof hingen über dem Bett an der Wand, eine Stehlampe mit gelblichem Licht und ein gut bestücktes Bücherregal machten den Raum gemütlich. Paul sah sich ihre Bücher an. Zu seiner Überraschung standen da viele alte Kinderbücher.

„Weißt du, ich sammle solche Bücher. Pu, der Bär, Helenes Kinderchen, Daddy Langbein, die Mumin-Bücher, Sagen und so weiter. Kaum jemand kennt diese Titel noch."

Paul musste eingestehen. dass ihm außer Grimms Märchen und den Geschichten von Wilhelm Busch keines dieser Bücher vertraut war.

„Da musst du aber einiges nachholen", sagte Agatha ernsthaft. „Du magst dir jederzeit was ausleihen."

„Und du kannst was von mir haben. Volkskundliches", erwiderte Paul.

„Mach ich gerne. Dann werden wir in Zukunft Bücher tauschen und uns darüber unterhalten. Ich freu mich schon."

Frau Bräsl, die gar nicht so bissig war, wie sie Paul beim ersten Mal erlebt hatte, klopfte kurz an und brachte unaufgefordert einen Kakao, weil „d' jonge Leit do gare was Siaßes möget". Sie stellte Kanne und Tassen auf das kleine Tischchen.

Paul hatte auf dem Bücherregal zwei kleine Holzfiguren entdeckt, ein tanzendes Paar in grotesken Bewegungen festgehalten.

„Hast du das gemacht?", staunte er.

„Ja. Das Schnitzen hat mir mein Papa beigebracht. Nur hier geht es halt nicht. Aber zu Hause stehen noch mehr Figuren und da habe ich auch mein Schnitzbesteck."

Und so erfuhr Paul, dass Agatha aus einem uralten Bauernhof kam, den ihre Mama und der ältere Bruder Anton bewirtschafteten. Ihr Vater ,welcher wohl künstlerisch begabt und sie sehr darin unterstützt hatte, Musik am Konservatorium zu studieren, war schon vor einigen Jahren gestorben, und der Mama wurde die Bauernarbeit allmählich zu viel.

Agatha zeigte Paul ein Foto von ihr und Paul fand, dass sie ihrer Mutter sehr ähnlich war. Auch bei dieser die lebhaften dunklen Augen, die geschwungenen vollen Lippen, das freundliche Lächeln und der Leberfleck auf der linken Wange. Er erfuhr aber auch, dass Agatha wirklich zum Arbeiten gehen musste, um ihr Studium zu finanzieren, und dass sie am Theater im Chor als gelegentliche Aushilfe mitsang. Paul indes blieb lange vor dem Luftbildfoto des Bauernhofs stehen.

„Das Haus solltest du dir mal ansehen. Es ist uralt und voller merkwürdiger Gegenstände", schlug Agatha vor und Paul ging gerne auf diesen Vorschlag ein.

Er selber erzählte ihr, dass seine Eltern schon lange tot seien, er aber noch in der elterlichen Mietwohnung, seiner „Gruft", lebe und diese mit zwei Studenten teile. Einem Mediziner namens Gottlieb, der sich meistens in der Klinik aufhalte und nur zum Schlafen nach Hause komme, und einem recht umtriebigen Theologiestudenten, der gerne mal die Nacht zum Tage mache und Olaf heiße. Außerdem habe er noch eine ältere Schwester namens Bärbl, welche als Krankenschwester in München arbeite.

„So kann man sich täuschen", lachte Agatha. „Ich hätte das mit den Studenten eher umgekehrt erwartet."

Demnächst stehe ihm das Examen in den Fächern Geschichte, Germanistik und Volkskunde bevor, fuhr Paul fort. Lehrer wolle er aber nicht werden, ein Praktikum zu Beginn des Studiums habe ihn einsehen lassen, dass er dafür nicht geeignet wäre. Ihm schwebe eine Tätigkeit in einem Museum oder einem Archiv vor. Er habe auch ein Hobby, sagte er, als Agatha ihn danach fragte. Er sammle Kakteen. Es gebe ja so viele Arten davon, zum Teil ganz kuriose Formen.

Agatha dachte bei sich: Mein Gott, Männer sammeln alles Mögliche, Bierdeckel, Blechautos, Feuerwehrhelme ... . Aber Kakteen? Was für ein merkwürdig interessanter Mann, der Paul!

„Wollet' se no was esse, Herr Luschtig? I ka Ihne no an Griesbroi macha", unterbrach Frau Bräsl ihr Gespräch.

Nun, Griesbrei war nicht unbedingt Pauls Lieblingsspeise, und er bemerkte, dass Agatha auch leicht mit dem Kopf schüttelte.

„Wann sehen wir uns wieder? Übermorgen vielleicht? Morgen muss ich mich unbedingt nochmal mit der Literaturgeschichte befassen", sagte Paul.

„Ist gut", antwortete Agatha. „Bei mir geht es morgen auch nicht. Habe zum letzten Mal Unterricht in Gitarre und Flöte, und das darf ich nicht versäumen. Treffen wir uns bei schönem Wetter im Park, gleich am Eingang? Ansonsten im ‚Stern' zur üblichen Zeit. Mach's gut, mein Lieber."

Und so gingen sie auseinander mit einem ersten Einblick in das Leben des anderen und in der Vorfreude auf die nächste Begegnung.

VON SCHAUKELN, ENTEN UND ZWEI DA-MEN

Als Paul Agatha wieder einmal von Zuhause abholte, kam sie ihm mit einer Leinentasche entgegen.

„Was hast du da drinnen?", fragte er.

„Nur hartes Weißbrot aus dem Café. Bevor es im Mülleimer landet, füttere ich es lieber den Enten im Park. Kommst du mit?"

„Na klar", entgegnete Paul und nahm ihr die Tasche ab.

Der Frühling meldete sich mit Macht. Krokusse und Osterglocken, Veilchen und Leberblümchen, Primeln und Hahnenfuß, alles wild durcheinander. Manche Spaziergänger kamen ihnen sehr leicht gekleidet mit Schnupfennase entgegen, andere eingemümmelt und dennoch frierend.

Als sie sich dem kleinen See näherten, ruderte die Entenflotte eilends herbei. Auch zwei Schwäne ließen sich herab, zur Fütterung zu erscheinen. Paul und Agatha hatten ihren Spaß an dem Gewusel und Geschnatter und sorgten dafür, dass die Schwäne und die Blesshühner nicht zu kurz kamen.

Eine alte Dame im Rollstuhl wollte ebenfalls das Federvieh füttern, war aber im Kies stecken geblieben und mühte sich verzweifelt ab, sich wieder zu befreien. Die Beiden sahen ihre missliche Lage, eilten herbei und schoben den Rollstuhl weiter auf den asphaltierten Weg und an eine Stelle, von der aus man dem Entenvolk das Futter leicht zuwerfen konnte.

„Vielen Dank, ihr Zwei! Man wird halt im Alter schon recht unbeweglich", sagte sie und hob grüßend die Hand.

Paul und Agatha spazierten weiter und kamen an einem Kinderspielplatz vorbei.

„Wollen wir mal schaukeln?", fragte Agatha neckisch. „Fang mich doch !", forderte sie ihn auf und rannte schon mal los. Aber nicht zu schnell. Sie wollte, dass Paul sie einholte, und als er sie dann von hinten umfing und hochhob, kreischte sie vor Vergnügen und zappelte mit den Beinen. Paul hielt sie etwas länger, als man erwarten konnte, und Agatha ließ es gerne geschehen.

Auf der Schaukel musste Paul sie anschieben und in Schwung bringen. Wer kam höher hinauf? Natürlich Agatha. Sie war nicht nur leichter, sondern auch beweglicher als Paul. Er gönnte ihr den kleinen Triumpf. Danach noch eine kurze Runde auf dem Karussell, dann ließen sie sich tief atmend auf einer Bank zum Ausruhen nieder.

Paul legte seinen Arm auf die Rückenlehne im Stillen hoffend, Agatha würde sich an ihn lehnen. Diese zögerte zunächst etwas, ließ sich aber dann direkt neben Paul nieder und tat ihm den Gefallen. Für einen kurzen Moment hielten beide den Atem an.

„Kannst du mir ein bisschen was über die Zeit erzählen, in der Mozart lebte?" Agatha sah ihn bittend an. „Weißt du, in Musikgeschichte nahm der Dozent zuletzt die Wiener Klassik durch, und das kommt bestimmt im Schriftlichen dran."

Paul musste erst mal überlegen, aber dann schilderte er bunt durcheinander, was ihm zu Maria-Theresia und Joseph II. einfiel. Er erzählte vom Hoftheater und Kärntnerthortheater, von dem unglücklichen Angelo Soliman, dessen Leiche ausgestopft wurde, von der zu ihrer Zeit sehr fortschrittlichen Schulreform, von dem Architekten Fischer von Erlach, dem Maler Rottmayr, der Sucht des Lottospielens, von Mozarts enormen Wettschulden, von Bandlkramern und Schneckenweibern. Ein Kaleidoskop aus dem 18. Jahrhundert.

„Was du alles weißt!", staunte Agatha.

„Das wird dir, fürchte ich, bei deiner Prüfung in Musikgeschichte aber nicht viel nützen", meinte Paul.

„Ach, sag das nicht. Ich bekomme immerhin eine kleine Vorstellung von der Zeit. Der Dozent erzählt viel von der Entwicklung musikalischer Formen, aber von den Menschen damals erfährt man so gut wie nichts."

„Weißt du was? – Dann stelle ich dir zwei Damen aus dieser Zeit vor, damit du mal siehst, wie man damals gekleidet war."

„Oh, ja! Und wo findet man diese Damen?"

„Komm mit! Wir gehen erst mal in das Barockpalais und danach in die Kirche St. Afra."

Im Palais führte Paul Agatha direkt in den großen Saal.

„Der Raum wurde früher für die Hofbälle genutzt", erklärte der Wärter, der mitgekommen war.

„Und heute?", wollte Agatha wissen.

„Heute steht er leer und dient als Ausstellungsraum."

Der Saal war zwei Fensterreihen hoch und zwischen den Fenstern hingen große Portraits von ernst dreinblickenden Herren und leicht kokettierenden Damen in ausladenden Gewändern und mächtigen Perücken. Reicher Stuck umrahmte ein prächtiges Deckenfresko. Zierliche Stühlchen standen an den Wänden.

Paul zeigte Agatha das Bild einer jungen Frau mit ihren Kindern.

„Wer ist das?", wollte Agatha wissen.

„Königin Carolina von Neapel, Tochter Maria Theresias. Gemalt von Angelika Kauffmann. Ich finde, du siehst ihr ein wenig ähnlich. Dieselben dunklen Augen und Haare, der kleine Leberfleck und der geschwungene Mund."

Agatha errötete ein wenig. „Gott sei Dank muss man heute nicht so viel und so schweres Zeug anziehen. Und vor allem keine Perücke. Aber ansonsten ist sie eine hübsche Frau. Und die sechs Kinder? Sind das alles ihre?"

„Ich denke schon." Paul schaute auf die kleine Tafel an der Wand. „Zweiundsechzig Jahre ist sie alt geworden. In der damaligen Zeit und bei den vielen Kindern ein stolzes Alter für eine Frau."

„Also ich möchte nicht damals gelebt haben", sagte Agatha entschieden. „Und wer ist die andere Dame?"

„Die siehst du in der Kirche nebenan."

St. Afra war eine Barockkirche mit üppigstem Stuck und monumentalen Altären. Doch Paul führte Agatha zu einem kleinen Seitenaltar, auf welchem zwei weiß gefasste Statuen das Altarbild umrahmten.

„Die Dame links ist die hl. Afra. Und die Dame rechts ist deine Namenspatronin, die Heilige Agatha", erklärte Paul.

Agatha schaute sich die Heilige genau an. „Sie ist sehr hübsch mit der eleganten Frisur und der geradezu tänzerischen Haltung. Aber sag, was trägt sie da in dem kleinen Körbchen?"

„Das sind zwei Schaubrote. Man nennt sie Agatha-Brote. Sie sollen an ihr Martyrium erinnern."

„Die schauen aber merkwürdig aus. Fast wie – entschuldige – wie Brüste!"

„Das sollen sie auch. Ihr Martyrium war, dass der Henker im Auftrag des römischen Statthalters ihr die Brüste ...". Paul machte eine Geste des Abschneidens.

„Nein!", schrie Agatha entsetzt auf und hielt sich unwillkürlich die Hände schützend vor ihre Brust. „Wie sadistisch! Wie gemein!"

Paul beruhigte sie: „Das ist schon so lange her, das war im dritten Jahrhundert nach Christi Geburt. Heute käme niemand mehr auf eine solch brutale Idee."

Aber Agatha war nicht so schnell zu beruhigen. Sie hielt weiterhin ihre Hände schützend vor sich.

Paul erklärte weiter: „Die Heilige ist nicht nur Namenspatronin, sondern soll auch bei allen Leiden im Brustbereich helfen. Also auch bei Heimweh und Liebeskummer."

Agatha beschloss, sich das zu merken. Heimweh kannte sie schon, aber Liebeskummer noch nicht. Bevor sie die Kirche verließen, steckte Agatha zwei Kerzen an, eine für ihren verstorbenen Papa und eine vorsorglich für sich.

Brief Agathas an ihre Mutter:

Liebe Mama,

in unseren Telefongesprächen habe ich immer wieder mal den Namen Paul fallen lassen. Demnächst wirst Du ihn leibhaftig zu sehen bekommen. Ich habe ihm unseren Hof geschildert, und da er Volkskunde studiert, interessieren ihn die Anlage und das gesamte Inventar sehr. Wir kommen also demnächst zu Euch.

Ein wenig will ich Dir von ihm erzählen. Anfangs fand ich ihn zwar nett, aber auch ein wenig spießig und langweilig. Doch je öfter wir uns sehen und je mehr wir von einander erfahren, umso wichtiger wird er mir. Sein Urteil ist immer begründet und sicher, im Unterschied zu mir. Bei mir passiert so vieles aus dem Bauch heraus und spontan.

Paul weiß auch so viel und ist ein so gelassener, ruhiger Mensch, dass ich bei ihm ein Gefühl der Sicherheit verspüre, als ob er mein Leibwächter wäre. Er hat schon lange keine Eltern mehr, seine Schwester hat für ihn ab dem 10. Lebensjahr gesorgt. Er muss eine langweilige Kindheit gehabt haben, außer Besuchen im Zoo und im Botanischen Garten haben seine Eltern nichts mit ihm unternommen. Und Kinderbücher hat er so gut wie nicht gelesen. Stell Dir das einmal vor!

Finanziell kommt er gut über die Runden, denn er lebt noch in der elterlichen Mietwohnung, deren Kosten er mit zwei anderen Studenten teilt. Er erteilt unter der Woche Nachhilfeunterricht in Latein und eine kleine Unfallversicherung der Eltern ist da auch noch. Sorgen muss er sich also keine machen.

Was das Beste an ihm ist: Du kannst mit ihm über alles reden und er ist ein sehr geduldiger Zuhörer. Außerdem kocht er gerne, sagt er. Ich hab aber noch nichts gekostet, kann es also nicht beurteilen.

Gestern hat er mir ein Bild aus der Barockzeit gezeigt mit einer Dame, der ich angeblich ähnlich sähe. Ich fand das nun wieder nicht, aber du weißt ja, wie „genau" uns die Männer anschauen. Danach gingen wir noch in die Afra-Kirche, wo eine Statue der hl. Agatha zu sehen ist. Paul hat mir von ihrem schauerlichen Martyrium erzählt. Mir tut es heut noch weh, wenn ich bloß daran denke. Habt ihr, Du und Papa, das gewusst, als ihr mich auf ihren Namen habt taufen lassen?

Grüß Anton von mir und sei ganz fest umarmt von Deiner

Agatha

PS: Paul und ich, wir haben uns noch nie geküsst oder umarmt. Ich mag ihn trotzdem, und ich glaub, er mich auch.

VON EINEM ALTEN HAUS

Was war das doch für ein herrlicher Morgen, als sich Agatha und Paul auf den Weg zu ihrem heimatlichen Hof machten!

Das Grün der Buchen leuchtete so hell, wie es das nur im Frühjahr tut. Schlehen, Weißdorn und Löwenzahn standen in voller Blüte, der Bärlauch hatte sich sehr angestrengt und überzog den Waldboden, die feuchte Erde duftete und auf den Äckern herrschte Hochbetrieb.

Paul hatte den Weg über die Landstraßen gewählt. Auf der Autobahn wäre den Augen so vieles entgangen. Außerdem hatten sie ja genügend Zeit. Die Strecke nach dem Dörfchen Anfing führte über die Stadt Landesberg, und von hier waren es nur noch zehn Kilometer. Agatha saß strahlend neben ihm. Landschaft und Orte waren ihr vertraut. Sie freute sich auf Zuhause, auch dass sie mit Paul unterwegs war und die Felder und Dörfer wie geleckt aussahen.

Unvermittelt fing sie zu singen an. Volks- und Kinderlieder bunt durcheinander, sogar ein Jodler war dabei. Ihr Gesang steckte Paul an mitzumachen. Er war selbst überrascht, was er seit seiner Kindheit noch an Text- und Melodiefetzen behalten hatte, und was er kannte, brummte und sang er herzhaft mit. Zwar ziemlich falsch, aber mit Überzeugung. Und so kamen nach einer guten Stunde gemütlicher Fahrt zwei fröhliche junge Leute auf dem alten Bauernhof an.

Dieser lag außerhalb des Dörfchens Anfing auf einer kleinen Anhöhe mit rundum freiem Blick auf Flur und Wald. Auf Agathas Geheiß hupte Paul zweimal, und gleich darauf trat die Mama, sich noch schnell die Hände an der Schürze abtrocknend, aus dem Haus. Sie lachte, breitete die Arme aus und umfing ihr Mädchen so herzlich, als hätten sich die beiden jahrelang nicht mehr gesehen.

„Mei Madl, grad schea, dass i di wiedr mal sea!", rief sie.

Agatha brachte nur ein „Mama!" heraus und hing ihr lange um den Hals. Um sie herum tanzte die Hündin Luise voller Freude, dass wieder einmal ein Besuch da war, der sie auf eine neue Art streicheln würde. Ihr Wunsch wurde von Agatha umgehend erfüllt.

Und nun kam auch Agathas Bruder Anton aus der Scheune, wischte sich ungelenk die Hände an der Hose ab und pflückte seine Schwester von der Mutter. „Na?", sagte er bloß und grinste sie an.

„Und du?", strahlte Agatha und gab ihm einen dicken Schmatz auf die stachelige Backe.

Paul wurde inzwischen von Luise begeistert begrüßt, sogar der dicke Kater Kilian schritt hocherhobenen Schwanzes herbei und strich Agatha um die Beine.

„Na, da ist ja deine Familie komplett zum Empfang angetreten", lachte Paul.

„Und das ist Paul, mein Fahrer", rief Agatha und zeigte mit ausgestrecktem Arm auf ihn.

„Schea, dass ma di a a mal kenne learnt", sagte die Mama und reichte Paul die Hand.

Anton beschränkte seine Begrüßung auf ein kurzes „Servus!" und wollte Paul vor sich her in die Stube schieben.

Doch Paul blieb schon auf der Schwelle stehen. Nachdenklich studierte er zwei Bohrlöcher in der hölzernen Türzarge. „War das Haus einmal in jüdischem Besitz?", fragte er.

„Wie kommst du da drauf?", wollte Agatha wissen.

„Die Bohrlöcher deuten auf eine Mesusa hin, eine Metall- oder Holzkapsel, die an der Eingangstür befestigt war und in der sich Psalmen oder andere Sprüche aus der Thora befanden. Sie sollten den Eingang segnen."

„So was wiar a Weihwassrkessl?", fragte Anton. „So was hamm'r a", und er wies auf eine kleine Vertiefung, die aus einem Stein in der Wand herausgehauen war.

„Wirklich ein merkwürdiges Haus", wunderte sich Paul. „Wisst ihr noch mehr darüber?"

„Leider nein. Nur wie alt es ist und dass es wohl öfter umgebaut wurde", entgegnete Agatha und zeigte mit der Hand auf eine Jahreszahl über der Stubentür: MDCCXXIV. Das ist das Jahr 1724. Aber ich hab's dir ja gesagt, Paul, dass du dich noch wundern wirst, was es hier alles zu sehen gibt. Und jetzt komm erst mal mit rein ins Haus."

In der niedrigen Stube stand ein schwerer Tisch mit einer zerfurchten Holzplatte. Man konnte sich leicht vorstellen, dass schon viele Menschen aus vielen Generationen sich um ihn versammelt hatten. Paul und Agatha setzten sich auf die Bank unter den Fenstern und Mama und Anton nahmen auf den Stühlen Platz.

„Habt's an Hunga?", fragte die Mama, „'S' is scho ois ferti. Könnts fei glei essn", und sie ging in die angrenzende Küche.

Agatha folgte ihr und winkte Paul zu. „Die Küche musst du dir auch mal anschauen. Die Mama kocht am liebsten auf dem alten Herd mit ihren Eisentöpfen."

Paul kam und staunte über all die uralten Töpfe, Pfannen und Küchengeräte, die auf den Regalen standen. Außerdem schnupperte er neugierig über einem breiten, geschlossenen Topf. „Was gibt es denn, wenn man mal fragen darf?"

„Mama hat einen Eintopf gemacht. Ihre Eintöpfe sind rundum bekannt."

„Mechst a mal probiera?", fragte Mama den Paul und hielt ihm einen Löffel hin.

„Ja gern", sagte der begeistert. Vorsichtig nahm er ein wenig aus dem Topf und kostete. Hm! Guut!"

„Fehld no ebbbes?", wollte die Mama wissen.

„Vielleicht noch ein wenig Meerrettich", schlug Paul vor.

Mama nickte zustimmend.

„Ich hab's dir ja gesagt, der Paul kann kochen!", rief Agatha triumphierend in die Küche. „Aber jetzt hab ich wirklich Hunger."

Nach dem Essen – es blieb nichts übrig – machten sich Anton und Paul auf, den Hof zu besichtigen. Agatha und Mama blieben in der Küche bei einem Kaffee und wollten mal ausgiebig miteinander ratschen. Die beiden Männer standen noch in der Tür. Neben dem muskulösen, kräftigen Anton wirkte Paul direkt klein. Beide wussten im Moment nicht, wohin mit sich und ihren Händen.

„Ihr stört jetzt nur", erklärte Agatha, schob Anton in den Flur hinaus und machte die Stubentüre von innen zu.

Anton führte Paul nun von Raum zu Raum, zunächst im Wohnhaus. Überall standen noch die alten Möbel aus hellem Holz mit ihren naiven Verzierungen und Bemalungen. Paul durfte auch einen Blick in Agathas Zimmerchen werfen und entdeckte dort ihre kleinen typischen Schnitzfiguren, lachende Kinder und Jugendliche, heitere Erwachsene und Alte in komisch-grotesken Körperstellungen. Sie ist eine Künstlerin, eine echte Künstlerin! fand Paul. Solche kleinen Kunstwerke hatte er noch nie gesehen, und er bewunderte Agathas sicheren Blick und Witz. Diese Seite seiner Freundin war ihm völlig neu und er freute sich sehr darüber.

Dann führte ihn Anton durch einen langen Gang in die Ställe und in die Scheune. Wohn- und Wirtschaftsteil bildeten zusammen einen einzigen, langgestreckten Bau, wie er eben in Bayern üblich ist. Im Stall standen einige Kühe und zwei Ziegen.

„Aber nicht mehr lange!", meinte Anton. Demnächst würden die Kühe verkauft, nur die Ziegen und Hühner würden bleiben.

„Der Mama wird's zu schwar mit der Arwed auf' m Feld und im Stoi. Sie had mid' m Haushald gnua z'doa. Aw'r de Henner un' Ziagn machds gera. Un mia wird's a so langsam z'vui."

Was Paul faszinierte, waren die vielen Geräte und Maschinen aus längst vergangenen Tagen, die nun alle ausgedient hatten, alte Pflüge, Walzen und Eggen, Rübenheber und Kartoffelernter, Grasmäher und Heuwender, Dämpfer und Häckselmaschine, Schrotmühle und Schubkarre, Drehbank und Zaumzeug, Zentrifuge und Butterfass und jede Menge an Gabeln, Scheren, Zangen und Schaufeln. Vieles, was er nur aus Büchern kannte, stand und lag hier zum Greifen nah.

„Das ist ja ein ganzes Museum!" staunte Paul.

„Mei, der Vaddr had nia was wegschmissn, und i mag des a ned doa. Mag sei, dass si jeamd's mal dafür indressierd. I werd's next Joahr mal mid G'müas- und Kräudranbau probiera. Dr Boda isch guad gnua dazua."

Als Anton und Paul nach dem Rundgang wieder in der Küche ankamen, waren Mutter und Tochter gerade mit dem Spülen fertig geworden.

„S werd scho alls guad werda, Madl!", hörten sie die Mama sagen. Es war wohl doch ein ernsthaftes Gespräch zwischen Mama und Agatha gewesen. Diese lächelte Paul zu und zog ihn mit auf die Stubenbank.

„Du bist ja eine echte Künstlerin", flüsterte er ihr ins Ohr. „Ich hab in deinem Zimmer die Figuren gesehen. Toll! Einfach großartig! Das Schnitzen darfst du aber niemals aufgeben! Versprichst du mir das?"

„Hab ich auch nicht vor", bekräftigte Agatha. „Und schönen Dank für dein Kompliment. Du bist der erste, der sie gesehen hat. Außer Mama und Anton natürlich."

Anton nahm auf dem Stuhl Platz. „Kasch' du mir wiada helfa in der Arnt?", fragte er seine Schwester.

„Natürlich, Anton", nickte sie. „Aber erst nach den Prüfungen."

„Dann isch guad!" Anton war erleichtert. „Isch eh s' letzd Mal, heier."

Draußen waren die Schatten länger geworden. Es war an der Zeit heimzufahren. Der Abschied zog sich in die Länge, denn immer noch gab es was zu besprechen, zu erinnern. Agatha wollte sich gar nicht lösen von der Mama und auch Paul trennte sich nicht so leicht. Ihm waren der Hof mit seinen Bewohnern sofort heimisch geworden und Luise drückte sich auch noch einmal gegen seine Beine.

„Kommsch hald bal mal wiada", sagte die Mama leise zu ihrem Töchterchen, und dieses nickte still.

„Un a guade Zeit füa eich!", rief Anton seiner Schwester und ihrem Fahrer hinterher.

Aus Pauls Tagebuch:

Wir waren bei Agathas Mutter und ihrem Bruder gewesen. Es war ein wunderschöner Tag und ich habe so viel gesehen und erlebt. Der Hof ist wirklich ein wahres Museum. Hoffentlich wirft Paul bei der Betriebsumstellung nichts weg.

Die Mama ist ein richtiges Goldstück, eine sehr stille, aber stets aufmerksame Beobachterin. Und eine prima Köchin dazu. Agatha ist ihr wirklich sehr ähnlich. Sie war so heiter und ausgelassen auf der Hinfahrt, und so nachdenklich auf der Heimfahrt. Ob sie irgendetwas bedrückt? Ich würde sie ja gerne fragen, aber ich scheue mich, in sie zu dringen, mir den Inhalt ihres Gesprächs mit der Mama zu erzählen.

Ganz begeistert bin ich von ihren kleinen Holzfiguren, groteske, sehr lebhafte Stellungen, ungemein ausdrucksvolle Gesichter. Und sie kann Hände schnitzen! Können nicht sehr viele. Hoffentlich bleibt sie dabei.

Anton hat mir ein wenig aus Agathas Kindheit erzählt. Sie war wohl ein richtiges Papakind! Er hat sehr viel mit ihnen beiden unternommen und sie auch stets dazu angehalten, noch etwas anderes zu erlernen, außerhalb von Schule und Bauernhof. Beneidenswert!

Luise ist ein ganz liebe Hündin, aber völlig rätselhaft von welcher Rasse. Ringelschwanz, hochbeinig, Knickohr, und sie hat zwei verschiedene Augen!

Was für ein Haus!

VON EINEM MENUETT FÜR ZWEI

Die Prüfungstermine rückten näher und näher. War Paul die Ruhe selbst, wurde Agatha zunehmend immer nervöser. Plötzlich überfielen sie Zweifel und Unsicherheiten. Sie fing an sich einzubilden, dass sie beim Vorspielen im entscheidenden Moment auf einmal alles vergessen würde. Mit einem Wort, sie hatte erhebliches Lampenfieber.

Als Paul sie wieder einmal abholen kam, hatte Frau Bräsl, der Agathas Zustand nicht verborgen geblieben war, eine Idee: „Wia wärsch, Mädele, wann du uns, dem Paule und mia, doine Stiggla amol vorschpiala tätsch? Woisch, so a klois Kontschertle hald!"

Paul fand die Idee prima, auch Agatha war nach anfänglichem Zögern einverstanden.

„Und den alda Herrn Briederle und sei Fraa lad i a dazua, derweil di a gera Musik heara. Und moim Klafier tuad's a guad, wann's amal g'schbield wird", fügte Frau Bräsl noch hinzu.

Schon morgen sollte das Vorspielen stattfinden.

Am Nachmittag dieses Tages kamen um 15.00 Uhr Herr und Frau Brüderle pünktlich zu Frau Bräsl. Herr Brüderle hatte zwei Schachteln Pralinen mitgebracht, eine für die Künstlerin und eine für die werte Gastgeberin. Paul kam kurz nach ihnen mit einem kleinen Blumenstrauß „für meine Agatha".

Agatha war sehr aufgeregt. Sie trat mit Gitarre und Flöte aus ihrem Zimmerchen, grüßte nur kurz und setzte sich gleich an Frau Bräsls altes Klavier.

„Was derf ma denn heara?", fragte die alte Dame.

Agatha drehte sich um: „Zuerst einen Satz aus einer Klaviersonate von Beethoven, danach aus einer Suite von Händel eine Sarabande und ein Menuett, für Gitarre bearbeitet, und zum Schluss eine Passacaglia für Flöte Solo von Ernst von Dohnany."

Paul fand, dass das ganz schön anspruchsvoll war, und er wurde nun auch ein wenig aufgeregt.

Nach zwei kleinen Verspielern gleich zu Beginn machte Agatha ihre Sache großartig. Schnell fand sie sich in die Stücke rein, gestaltete sie abwechslungsreich in Tempo und Lautstärke und hatte bald alle Nervosität abgelegt. Die Zuhörer waren begeistert. Sogar von der Klaviersonate, obwohl Frau Bräsls alter Schragen reichlich verstimmt war.

Als die Gastgeberin mit Kaffee und Hefezopf aus der Küche kam, standen Herr und Frau Brüderle bei Agatha.

„O mei, Freilein Agatha, so schee hent se gschbield", lobte Frau Brüderle. „I hab ja frieher au Klavier gschbield, abr nia so schwere Sacha."

Paul überreichte Agatha sein Blumensträußchen und erntete dafür ein Bussi auf die Backe.

„Und wie hat's dir gefallen?", wollte sie wissen.

„Sehr gut, vor allem der Beethoven und das Flötenstück", antwortete Paul.

„Und der Händel?"

„Um ehrlich zu sein, die Tänze waren mir zu schnell. Eigentlich nicht tanzbar, vor allem wenn man bedenkt, in welcher Kleidung die Herrn und Damen der Barockzeit steckten."

Agatha wurde nachdenklich. „Ich glaube, du hast recht. Aber was ist bei diesen Tänzen schon das richtige Tempo?" Fragend schaute sie Paul an.

„Ich glaube, ich hab da eine Idee. Na klar, das ist es! Ich frag mal an!", rief Paul. „Ich geh mal schnell in dein Zimmer. Ja?"

Während Agatha mit Brüderles und Frau Bräsl am Tisch saß und sich am Hefezopf und dem vielen Lob delektierte, rief Paul im Museum und beim Stadttheater an. Es dauerte einige Zeit, aber dann kam er triumphierend an den Tisch:

„Wir können morgen gegen Mittag ins Palais und dort mal die Sarabande und das Menuett ausprobieren. Wir sollen aber keine Schuhe mit hohen Absätzen tragen. Wegen des alten Parkettbodens. Und jetzt noch der Clou: Das Theater leiht uns aus dem Fundus Barockkostüme über den Tag, und zwar kostenlos."

Agatha blieb die Spucke weg. „Aber, ich, ich weiß doch gar nicht, wie man ... so was tanzt!"

„Das schauen wir uns im Internet an und dann machen wir es einfach nach. Es geht doch allein um das rechte Tempo und das kriegen wir nur raus, wenn wir mal selber, vor allem du, in einem so voluminösen Kleidungsstück steckst."

„Und mir schaua au zu!", jubelten Brüderles und Frau Bräsl.

Agatha blieb gar nichts anderes übrig als Ja zu sagen. Insgeheim freute sie sich aber, dass Paul so spontan sein konnte, und war gespannt auf den morgigen Tag.

Der erste Weg führte die zwei ins Stadttheater zu den Kostümen. Eine rundliche Schneiderin musterte sie, ließ sie sich einmal umdrehen und führte sie dann ins Lager. Was da alles so hing! Von der römischen Toga bis zum Stresemann. Es war fast alles da, Kostüme zu allen Epochen in allen gängigen Größen.

„Einmal für die Dame Größe 38, und für den Herrn 42, müsste passen. Umziehen können Sie sich gleich hier. Ich glaub, bei der Dame muss ich ein wenig helfen."

Paul kam mit seinem fliederfarbenen, knielangen Frack, Justaucorps genannt, der Weste und der Kniebundhose gut zurecht.

Aus der Kabine nebenan aber tönte manch Gekicher und mancher Seufzer:

„Ach, diese vielen Knöpfe!"

„Erst die Hüftpolster, Fräulein Schönfelder. dann den Reifrock. Und nur ein Unterrock, nicht mehrere. Der Oberrock wird hochgebunden, ja, so. Man nennt ihn auch Manteau", erklärte die Schneiderin, bis auch Agatha stolz und herablassend wie eine Hofdame herauskam und sich vornehm einmal im Kreise drehte. Sie sah aber auch wirklich entzückend in ihrer himmelblauen Robe aus.

„Jetzt noch die Perücken", kommandierte die Schneiderin und setzte diese den beiden auf. „So, nun schaun Sie beide richtig gut aus!"

Agatha und Paul mussten erst einmal lachen, als sie sich erblickten. Dann musterten sie sich selbst im Spiegel und waren ganz zufrieden mit sich.

Den Weg zum Palais genossen sie sehr. Jeder, der ihnen begegnete, drehte sich erstaunt und amüsiert um. Viele fotografierten. Manch ein junger Mann stieß einen anerkennenden Pfiff aus. Hand in Hand gingen die beiden zum Palais, sich ganz und gar wie Lady und Mylord fühlend. Agathas ausladender und schwerer Rock zwang sie zu einem langsamen, majestätischen Schreiten und sie ahnte schon, welches Tempo für die beiden Gitarrenstücke wohl das richtige sein würde. Einige Bewunderer begleiteten sie noch ein Stück und klatschten begeistert Beifall.

Im Palais warteten bereits Brüderles, Frau Bräsl und der Aufseher. „Mal was anderes in unserem Laden", sagte dieser und führte alle in den großen Saal.

Paul hatte in einer bunten Stofftasche seinen PC mitgebracht, und während Agatha sich von Brüderles und Frau Bräsl noch bewundern ließ und einige Drehungen ausprobierte, schloss er ihn an und rief die gewünschte Datei auf.

„Agatha, komm doch mal und schau dir das an!", rief er.

Gemeinsam verfolgten sie, wie ein Tanzpaar eine Sarabande und ein Menuett aufs Parkett brachte.

„Wie schön!", hauchte Agatha. „Wie wunderwunderschön!"

Und sie erhob sich, fasste Paul an der Hand, und mit langsamen Schritten setzten die beiden ihre Füße auf, drehten sich um sich selbst und um einander, trippelten, knicksten und verbeugten sich, waren jetzt Dame und Kavalier und verhakten und vertieften ihre Blicke in einander. Das Vorbild war schnell vergessen. Sie überließen sich ganz der Musik und der barocken Pracht des Raumes. Der Zauber ergriff aber auch die drei Zuschauer, die das selbstvergessen tanzende Paar mit Freude und Rührung betrachteten.

Die Musik war lange beendet. Erst nach einiger Zeit erwachten Agatha und Paul aus dem Zauber des Tanzes. Sie fassten sich bei den Händen, verbeugten sich vor den begeisterten Zuschauern und schritten langsam zum Ausgang. Agatha stieg vorsichtig die Treppe hinunter, Paul hielt sie fest am Arm.

„Jetzt weiß ich, wie schnell ich ein Menuett und eine Sarabande spielen darf. Ich hab das bisher viel zu verhetzt getan. Ach Paul, welch eine schöne Idee hast du da gehabt!"

Und sie meinte beides, das Auffinden des rechten Spieltempos und dass Tanzen mit Paul.

Brief Pauls an seine Schwester Bärbl:

Liebes Schwesterherz,

stell Dir vor, was heute passiert ist! Wir, d.h. Agatha und ich, wir haben uns vom Theater Barockkostüme ausgeliehen und im Palais Menuett und Sarabande getanzt.

Eigentlich kann ich gar nicht tanzen, barocke Sachen schon gar nicht. Aber kaum steckst du in den Klamotten, dann gehst du anders, bewegst dich gemessener, fängst an, die „Untertanen" mit so huldvoller Geste zu grüßen, als ob du der Großfürst höchstpersönlich wärst. Ja, ja, Kleider machen eben Leute! Das haben wir auf dem Weg durch die Stadt durchaus bemerkt. Manche Menschen verbeugten sich allen Ernstes vor uns.

Aber das Tanzen war schön. Mit Agatha zusammen geht halt vieles leichter und mir fällt auch mehr ein. Und sie sah so entzückend aus in ihrer Robe und der weiß gepuderten Perücke auf dem Kopf. Wie aus Bild und Rahmen gefallen !

Damit ich es nicht vergesse: Wir haben Agathas Elternhaus angeschaut. Ein uralter, hoch interessanter Bauernhof in Anfing. Den musst Du, wenn Du mal in die Gegend kommst, unbedingt besuchen. Die Straße weiß ich nicht, aber Schönfelders kennt in dem Dörfchen ein jeder.

Ach ja, noch etwas: Es wäre wunderbar, wenn wir uns auch mal wieder treffen könnten. Am besten nach den Prüfungen.

Machs gut, Schwesterherz

Dein Paul

Brief Agathas an Ina:

Liebste Freundin,

ist denn Deine Orchestertournee nicht bald zu Ende? So lange und immer wieder bist Du fort! Wenn ich Dein Mann wäre, würde ich heftig protestieren oder mir die Scheidung überlegen.

Aber Spaß beiseite, ich muss Dir was Tolles erzählen. Ich hatte mit dem Menuett und der Sarabande immer so meine Schwierigkeiten in Sachen Tempowahl. Bis Paul eine prima Idee kam. Er besorgte kurzerhand Kostüme aus dem Theater, und wir haben dann die Tänze im Palais ausprobiert. Und siehe da! Mit diesen ausladenden und schweren Röcken kannst du gar nicht anders als graziös schreiten und dich im passenden Tempo bewegen. Und, stell Dir vor, Paul hat das alles mitgemacht! Es war ein Erlebnis, sage ich Dir. Auf dem Heimweg habe ich Paul dann gefragt, wie die Hofdamen das anstellten, wenn sie mal, naja, du weißt schon was, müssen. Paul darauf: Willst du das wirklich wissen? Ich sagte in meiner Naivität natürlich Ja. Paul hat mir dann die ganze Prozedur in aller Anschaulichkeit geschildert. Mir gruselts jetzt noch. Ich sage Dir nur „Kübel"!!!

Ach Ina, Du bist so weit weg, und ich möchte mich doch mit jemandem mal über Paul (und mich) unterhalten, so von Frau zu Frau.

Gehab Dich wohl,

Deine Freundin Agatha

PS.: Ganz herzlichen Dank für all Deine Ansichtskarten. Wo um alles in der Welt liegt Schloss Ludwigslust ?

VON DEN PRÜFUNGEN

Na, endlich geht es los! fuhr es Paul durch den Kopf, als er am Montagmorgen der ersten Prüfungswoche das Haus verließ.

Heute hat Paul seinen ersten schriftlichen Prüfungstag, fiel Agatha ein, als sie mit Frau Bräsl am Frühstückstisch saß. Hoffentlich hat er Glück! In Geschichte, hat er mir mal gesagt, kann man ziemliches Pech haben, wenn man nicht das richtige Thema bekommt.

Heute muss Paul ja ran, kam es Bärbl in den Sinn, als sie mit den Fieberthermometern von Zimmer zu Zimmer ging. Ach, er wird das schon schaffen! Er hat sich ja immer auf alle Prüfungen gut vorbereitet.

Paul hatte tatsächlich Glück. Das Thema in Geschichte lag ihm. Das 19. Jahrhundert hatte ihn immer interessiert. Von der Volkskunde her ergaben sich viele Querverbindungen, die er geschickt einbauen konnte. Er hatte nur das Problem, all sein Wissen innerhalb der Arbeitszeit unterzubringen.

In dieser Woche folgten dann noch Literaturgeschichte und Volkskunde. In Literaturgeschichte war er sich nicht so sicher. Da hatte er zu wenig Primärliteratur gelesen.

Auch für Agatha fingen in dieser Woche die Prüfungen an. Zwar noch nicht heute am Montag, aber morgen am späten Vormittag musste sie zum Vorspielen im Fach Gitarre antreten und zwei Tage später mit der Flöte. Agatha war sich ihrer Sache sicher, das Vorspielen im privaten Kreis hatte ihr Selbstvertrauen gestärkt, und seit dem gemeinsamen Tanz waren ihr die

Sarabande und das Menuett richtig ans Herz gewachsen. Ach ja, den Café-Termin durfte sie nicht vergessen zu verschieben.

Erst am Wochenende konnten die Beiden sich wieder treffen.

„Ach Paul", jammerte Agatha, „die ganze Zeit hab ich dich nicht gesehen. Ist das nächste Woche auch wieder so?"

Paul überlegte. „Also bei mir ist es nicht so dicht. Ich hab nur die mündliche Prüfung in Geschichte, auf die ich mich aber gut vorbereiten muss. Am Mittwoch sind auch noch die Nachhilfeschüler dran. – Halt, nein! Brauche ich ja nicht mehr!"

„Wieso?", hakte Agatha nach.

„Sind beide durchgefallen. In Latein haben sie zwar noch die Vier geschafft. Dafür haben sie sich je eine Fünf in Geografie und Geschichte eingehandelt."

Agatha prustete: „Na, das hat sich ja rentiert."

„Für mich schon", meinte Paul trocken.

Agatha hatte in der kommenden Woche mehr zu tun, die Chorleiterprüfung und die schriftliche Prüfung in Musikgeschichte, vor der sie schon etwas Angst hatte. Und dann war am Mittwoch noch Chorprobe im Stadttheater.

„Wieso denn das?", fragte Paul. „Du hast doch seit mindestens einem Vierteljahr keine Extraprobe mehr gehabt."

„Die ist auch für die kommende Saison. Da steht Wagners ‚Meistersinger‘ auf dem Programm. Bei der Festwiesenszene muss alles ran, was im Theater Beine hat. Mit einem Chor allein kannst du eben keine Volksmenge darstellen."

In der übernächsten Woche ginge es dann mit zwei mündlichen Prüfungen für Paul weiter, und wieder eine Woche später hatte Agatha das Vorspiel in Klavier und die gefürchtete Harmonielehreprüfung zu überstehen. Und dann war Gott sei Dank alles, alles vorbei!

„Weißt du was?", sagte Paul. „Wie wäre es, du kommst morgen zu mir und wir kochen uns was Feines? Damit wir nicht immerzu an die Prüfungen denken müssen."

„Au ja!", jubelte Agatha. „Dann sehe ich endlich mal ‚deine Gruft' und deine Kakteensammlung."

„Du wirst staunen, da sind ein paar ganz niedliche Stachelkakse dabei. Aus Platzgründen kann ich nur wenige unterbringen, ich muss halt hin und wieder in den Botanischen Garten gehen und meine unrasierten Freunde besuchen."

„Wenn du wieder mal gehst, komme ich mit. Ja?"

Sonntags gegen 17.00 Uhr kam Agatha also zu Paul in dessen Wohnung. Wenn Paul diese seine ‚Gruft' genannt hatte, so war das nicht übertrieben. Schwere, dunkle Möbel, eine scheußliche Deckenlampe aus Bronze, bodenlange Vorhänge, zwei kitschige Ölgemälde und eine schwere Tischdecke. Man hätte ersticken können. Wenn wir – äh ich – jemals ein Wohnzimmer haben werde, dann gibt es keine Vorhänge und keine Tischdecken, nahm sich Agatha vor.

In den Schränken standen Pauls Bücher. Sie las die Titel und fand einige für sie interessante über Selbstversorgung aus dem Garten, vergessene Haushaltstechniken, Leben auf dem Lande, Justiz in alter Zeit, alte Bauernhäuser und andere mehr.

„Kannst dir ruhig was mitnehmen", sagte Paul.

Dann wandte Agatha sich Pauls stacheligen Kameraden auf der Fensterbank zu, einer Sukkulentenmischung, einem Feigenkaktus, einem Palmenmann, dem allerkleinsten Kaktus mit nur einem Zentimeter Durchmesser, der Blossfeldiana und dem wirklich bedrohlich aussehenden, kugeligen und mit gemeinen Stacheln versehenen Schwiegermuttersitz.

„Der ist ja grauslich", fand Agatha. „Schwiegermutter hin oder her, aber auf so einem Kerl sitzen zu müssen, das wäre wirklich eine allzu grausame Strafe. Aber imponierend ist er auf alle Fälle. Und ich weiß jetzt, was man dir zu Geburtstag oder Weihnachten schenken kann."

„Aber jetzt gehen wir besser in die Küche", forderte Paul seine Freundin auf.

„Was wollen wir denn Gutes zaubern?", fragte Agatha.

„Einen Lokschenkugel kennst du bestimmt noch nicht."

„Und was sind Lo...?"

„Lokschen sind breite Nudeln. Der Name stammt aus der koscheren Küche."

Paul musste Agatha erst einige Grundbegriffe der jüdischen Küche erklären. „Koscher" bedeutet den rituellen Vorschriften entsprechend. Im Gegensatz dazu heißt „trefe", dass Milch und Fleisch nicht zusammen zubereitet oder gegessen werden dürfen, dass Schweinefleisch grundsätzlich verboten ist, was ebenso für Fische ohne Schuppen und Flossen gilt, und noch einige Vorschriften mehr.

„Ja, schmeckt das denn, wenn so vieles verboten ist?"

„Oh, ja. Man muss halt das Essen etwas anders zubereiten", antwortete Paul.

„Und was ist ein Kugel?"

„Ein Kugel", erklärte Paul, „ist eine auflaufartige Speise, in unserem Fall also ein Nudelauflauf. Und zwar mit Rindfleisch, Schwein ist ja verboten, trefe. Ich hab zwei Scheiben gekochtes Tafelspitz und Hühnerbrühe gestern noch im koscheren Laden neben der Synagoge besorgt."

„Und was kann ich tun?", fragte Agatha.

„Am besten setzt du mal das Nudelwasser auf. Dann brauchen wir noch zwei gequirlte Eier, zwei geschnittene Zwiebeln, Hühnerbrühe, Bohnenkerne, Salz, Pfeffer und, was halt so an Gewürzen passt. Ich schneide inzwischen das Rindfleisch in kleine Würfel."

Seite an Seite werkelten die beiden nun an ihrem Lokschenkugel. Immer wieder hielten sie ihre Nasen über den Topf, in welchem alles zusammen vor sich hin schmurgelte. Es roch verführerisch gut!

„Ich muss mir unbedingt ein koscheres Kochbuch kaufen", beschloss Agatha, probierte abschließend noch einmal, bevor die Lokschen untergehoben wurden.

„Was magst du trinken?", fragte Paul.

„Ach eigentlich nur ein Wasser."

Die zwei hatten sich gerade die Hand gegeben und einen guten Appetit gewünscht, da tat sich die Küchentür auf und der Theologiestudent schaute herein. „Was riecht denn da so fein?", fragte er.

„Magst du was mitessen? Es ist genug da!", forderte Paul ihn auf.

„ Ach eigentlich hab ich gar keinen Hunger. Und wenn, dann würde ich viel lieber deine Freundin vern...“

„Raus hier!“, rief Paul zornig. Und zu Agatha sagte er entschuldigend: „Er ist einfach ein Flegel. Wegen so einem kannst du glatt vom Glauben abfallen.“

„Ach lass ihn“, besänftigte Agatha ihren Freund. „Stell dir vor, du müsstest den Rest deines Lebens im Zölibat verbringen. Da würdest du bestimmt auch, zumindest verbal, mal die Sau rauslassen. Aber dafür bist du ganz gut geraten“, lobte Agatha ihren Freund und schmiegte sich ganz fest an ihn.

„Aber lassen wir uns den Appetit nicht verderben!“

Nach dem Essen machten sie noch Hand in Hand einen kleinen Verdauungsspaziergang.

„Du hast mir noch nie was von deinen Eltern erzählt“, sagte Agatha.

„Da gibt es nicht viel zu erzählen. Der Vater war in der Stadtverwaltung tätig. Als was, weiß ich gar nicht. Die Mutter war Hausfrau, nicht gerade ein Putzteufel, aber wohl in allem recht kleinlich. Wenn ich sagen sollte, wie ich bis zu ihrem plötzlichen Verkehrsunfall meine Kindheit beschreiben müsste, dann fällt mir nur das Wort ‚langweilig‘ ein. Ich kann mich nicht erinnern, dass unsere Eltern viel mit uns unternommen hätten. Wir wurden versorgt, aber das war es dann auch. Nach dem Tod der Eltern hat dann meine Schwester sich um mich gekümmert. Aber die stand selber in der Ausbildung zur Krankenschwester und hatte wenig Zeit.“

Brief Agathas an ihren Bruder Anton:

Lieber Toni,

wir stecken beide mitten im Prüfungsstress. Aber ich kann Dir jetzt sagen, wann ich kommen werde: In drei Wochen ist alles ausgestanden, und dann fahre ich sofort zu euch. Ich war gestern zum ersten Mal bei Paul in der Wohnung. Ich sage Dir, die Einrichtung – sie stammt noch von seinen Eltern her – ist einfach scheußlich. Paul selber nennt seine Behausung eine „Gruft". Sehr zutreffend! Mich wundert nur, dass er da noch normal geblieben ist.

Wir haben getanzt und gekocht. Er sammelt Kakteen und weiß eine Menge über die jüdische Küche. Jedes Mal, wenn ich mit ihm beisammen bin – nicht so, wie Du vielleicht denkst – erfahre ich was Neues. Und was das Schöne ist, er gibt mir nie das Gefühl, ein unwissendes, dummes Huhn zu sein. Wir lachen viel und oft. Frau Bräsl füttert mich mit Kakao und Leberwurstbroten. Ich werd noch ganz fett, wenn das so weitergeht.

Drück mir die Daumen! Am Donnerstag ist Prüfung in Musikgeschichte. Brrr!

Grüß Mama von mir und uns

Dein Schwesterchen Agatha.

54

WIE SICH PAUL BLAMIERTE

Es hätte ein schöner Abschluss der Woche sein sollen, so hatte sich Agatha den Samstagabend vorgestellt. Paul war mit seinen Prüfungen fertig, sie selber musste zwar noch zweimal ran, aber dank der Peters Hilfe, des Ehemanns ihrer Freundin Ina und früheren Klavierlehrers, war sie sehr zuversichtlich und sicher geworden. Aber es kam dann doch ganz anders.

„Paul, mein Lieber, hättest du nicht Lust, mit mir heute Abend in eine Piano-Bar zu gehen? Alleine möchte ich das nicht, aber mit dir zusammen würde mir das echt Spaß machen", schmeichelte Agatha und blinkerte mit den Augen.

Paul verspürte zwar nicht viel Lust, aber weil ihn Agatha so bittend anschaute und sich an ihn drückte, sagte er trotz aller Bedenken Ja. Fügte aber hinzu, dass er völlig unmusikalisch sei.

„Ach Paul, das bist du doch gar nicht. Du hast Menuett und Sarabande mit mir getanzt, und wer tanzen kann, hat auch ein Gefühl für Rhythmus und Melodie. Ich freu mich schon sehr, mal mit dir zusammen auszugehen und unter die Leute zu kommen."

Paul holte Agatha also am Abend mit dem Auto ab. Zum Anbeißen sah sie in dem luftigen Kleidchen aus, das ihre untadelige Figur so sehr betonte. Paul wurde richtig stolz auf sie.

Die Bar lag ganz in der Nähe der Universität und war ein beliebter Treffpunkt für junge Leute. Es wurde zwar Alkohol ausgeschenkt, aber der Wirt Werner achtete sehr darauf, dass sich Art und Menge in kontrollierbaren Grenzen hielten. Schließlich hatte er einen Ruf zu verlieren. Sein Lokal galt allgemein als seriös und wurde auch von älteren Gästen gerne aufgesucht. Es hieß „Werners Piano-Bar", und wie der Name schon aussagte, ging es darin um Musik aller Art, dargeboten von Amateuren und Liebhabern jeden Alters und jeden Genres. Dem Wirt war es wichtig, eine Plattform für jeden zu bieten, der etwas zu Gehör bringen wollte. Gleichgültig, ob stümperhaft oder perfekt, selbst komponiert oder nicht, man musste nur eines mitbringen, nämlich Mut. Wer als Sänger oder Instrumentalist auftreten wollte und einen Begleiter brauchte, für den stand ein Pianist parat. Und auch für eine Karaoke- und eine gute Verstärkeranlage war gesorgt.

Als Agatha und Paul die Piano-Bar betraten, plagten sich gerade ein junges Mädchen und der Pianist, einen Tanz für Violine und Klavier über die Runden zu bringen. Mit etlichen falschen Tönen und Temposchwankungen kam man schließlich zu einem Ende. Freundlicher Beifall lohnte das Bemühen beider. Es war in der Bar üblich, jedem, der sich auf die Bühne wagte, für seinen Mut Beifall zu spenden, egal, wie gut oder schlecht seine Leistung war. Nur wer sich anmeldete und dann kniff, oder wer seinen Auftritt abbrach, wurde vom Publikum ausgepfiffen.

„Ich geh schon mal uns anmelden", sagte Agatha. „Bist du so gut und suchst uns einen Platz aus? Nicht so weit hinten, bitte!"

Während Paul einen kleinen Tisch in Bühnennähe in Beschlag nahm, sprach Agatha mit dem Pianisten, der auch die Moderation übernommen hatte. Sie wollte aus Bachs Jemelli-Liederbuch das uralte Liebeslied „All mein Gedanken, die ich hab" zu Gehör bringen, und Paul den Song „In the summertime" von Mungo Jerry. Übrigens der einzige Song, den er sich zutraute.

Die beiden nahmen erst einmal Platz und verfolgten mit Augen und Ohren, was sich auf der Bühne und davor so tat. Die

56

Gäste kamen und gingen. Man begrüßte sich zwanglos, aber doch bemüht, die Darbietungen nicht zu stören.

Es wurde wirklich Beachtliches, aber auch ziemlich Schlechtes auf der Bühne geboten, und manchmal musste man sich schon wundern, mit welch ungeheurem Selbstbewusstsein der ein oder andere auftrat. Meist waren Songs und Schlager zu hören, deutlich weniger klassische Arien und Lieder. Agathas Liebeslied war schon eine Rarität. Instrumentale Stücke wurden ebenfalls nur sporadisch gespielt.

„Ich geh mal schnell jemanden begrüßen", flüsterte Agatha Paul zu.

Der sah, wie sie auf einen himmellangen Mann zuging und sich mit diesem sehr herzlich unterhielt. Hören konnte er allerdings nicht, was sie mit einander sprachen.

Als Agatha wieder bei ihm war, flüsterte sie nur kurz: „Mein ehemaliger Klavierlehrer", und dann hieß es schon: „Fräulein Schönfelder bitte auf die Bühne. Sie singt ein Liebeslied aus dem Jemelli-Liederbuch von Bach."

Agatha stieg auf die Bühne, wartete aber Zeit so lang, bis es ganz still im Raum war. Dann erst spielte der Pianist sehr verhalten eine Strophe vor und Agatha setzte ein. Sie sang auswendig und mit geschlossenen Augen, ganz in sich gekehrt.

Ihre Hingabe an den Text und die einfache Melodie sprang auf die Zuhörer über. Ihr klarer, schnörkelloser Vortrag ließ diese den Atem anhalten. Als der letzte Ton verklungen war, blieb es lange mucksmäuschenstill, bis endlich einer es wagte zu klatschen.

Aber dann brach ein Applaus los, wie man ihn in diesem Raum schon lange nicht mehr gehört hatte.

Paul klatschte nicht. Er war ganz erschüttert, ja ergriffen, von diesem schlichten Lied und dem innigen Gesang. Als Agatha wieder zu ihm an den Tisch kam, drückte er ihr nur fest die Hand. Sprechen wollte er nicht, aber Agatha verstand ihn auch so.

Gäste gingen, Gäste kamen. Der Lange, mit dem sich Agatha unterhalten hatte, winkte ihr zu und verließ das Lokal. Andere betraten den Raum, darunter ein offensichtlich angetrunkenes, vierschrötiges Mannsbild mit erheblich schwankendem Gang.

„Mein Gott, der schon wieder!", flüsterte Agatha und versuchte sich klein zu machen.

„Was ist mit dem?", wollte Paul wissen.

„Ach, der ist auch auf dem Konservatorium und verfolgt mich, sobald er mich sieht."

Dann hieß es auf einmal: „Herr Lustig auf die Bühne bitte! Er singt 'In the summertime' von Mungo Jerry!"

Jetzt konnte Paul nicht mehr zurück. Er sah noch, wie Agatha ihm die Daumen drückte. Dann stand er vor dem Bildschirm, über den ihm der Text geliefert wurde.

Das Playback lief an und Paul sang. Er hörte seine Stimme zum ersten Mal in seinem Leben und wunderte sich über ihren Klang. Aber die Karaokeanlage war gnadenlos. Sie gestattete keine noch so kleine Temposchwankung, und eh sich's Paul versah, war er textlich im Hintertreffen. Gott sei Dank war die erste Strophe schon vorbei.

Bei der zweiten Strophe verpasste er den Einsatz. Er sah, wie Agatha aufsprang, sich vor die Bühne stellte und ihm per Handzeichen andeutete, doch schneller zu singen. Doch Paul verlor nun völlig den Faden, textlich und melodisch, und die dritte

Strophe war schon zur Hälfte vorbei, bis er merkte, dass er hätte einsetzen sollen. Resigniert winkte er ab. Er hatte es versaut.

Agatha rief dem Pianisten zu, er solle das Programm doch noch einmal starten. Doch bevor es dazu kam, drängte sich der Angetrunkene zwischen den Tischen hindurch.

„Agatha! Aggi! Da bist du ja, mein Zwiebelchen!", jaulte er und schwankte auf Agatha zu.

„Paul! Hilf mir! Schnell!", schrie sie in höchster Not.

Und Paul sprang von der Bühne, stellte sich schützend vor Agatha und versuchte, den massigen Kerl aufzuhalten.

„Agatschka, Liebling!", heulte der auf und drückte Paul zur Seite. Agatha aber hatte sich schon in Sicherheit gebracht und war aus dem Lokal geflüchtet.

„Agatha, mein Zwiebelchen, wo bist du denn?", brüllte der Angetrunkene ihr nach. Vergebens wehrte er sich gegen Paul und zwei Ordner, die ihn auf Geheiß Werners an die frische Luft setzten.

Paul sah sich nach Agatha um. Es war ihm egal, dass seine eigene Gesangsleistung ausgepfiffen worden war. Er wollte sich nur vergewissern, dass mit seiner Freundin alles in Ordnung war. Er fand sie schließlich auf dem Parkplatz vor seinem Auto.

Paul sperrte auf. Schweigend hockten sie neben einander, noch ganz betäubt von dem Fiasko, welches sie soeben erlebt hatten. Agatha weinte leise vor sich hin.

„Ach Paul!", schluchzte sie. „Es tut mir so leid, so entsetzlich leid. Ich habe dich da in etwas hineingezogen, was ich gar nicht wollte. Verzeihst du mir?" Und sie blickte ihn mit nassen Augen an.

Paul nickte bloß. Für Agatha war seine Niederlage schlimmer als für ihn selbst. Sie hatte sich doch einen netten Abend vorgestellt, und stattdessen hatte sich Paul unendlich blamiert, und sie war schuld daran.

Paul tröstete seine Freundin, so gut es ging. Begeistert schwärmte er ihr vor, wie zu Herzen gehend er ihren Gesang empfunden hatte. Da musste Agatha wieder lächeln und sie drückte ihm ein dankbares Küsschen auf die Wange.

„Siehst du", sagte Paul, „ganz so schlecht war unser Abend dann doch nicht."

Aber wer der Mann war, den Agatha so herzlich begrüßt hatte, wie er hieß, das wollte er sie schon noch fragen. Irgendwann. Heute Abend aber nicht mehr.

Brief Agathas an Freundin Ina:

Liebe Ina,

habe in der Piano-Bar Deinen Peter getroffen. Er brachte die erfreuliche Nachricht, dass Du schon bald wieder nach Hause kommst. Ach Ina, ich freu mich so auf unser Wiedersehen! Leider muss ich um die Zeit bei Anton sein, um bei der Ernte mitzuhelfen. Für Mama ist das inzwischen zu beschwerlich. Aber wenn ihr es einrichten könnt, für ein paar Stunden in Anfing vorbeizuschauen, würde ich mich ungemein freuen!

Peter hat mir sehr geholfen bei der Prüfungsvorbereitung. Nächste Woche will er noch mitverfolgen, wie es läuft.

Mit Paul gab es in der Piano-Bar eine ziemliche Katastrophe, und ich bin daran schuld gewesen. Wider besseren Wissens habe ich ihn dazu überredet zu singen, und zwar mit Hilfe der Karaoke- Anlage. Er wollte eigentlich gar nicht, aber mir zuliebe hat er sich dann doch auf die Bühne gewagt mit all den schreck-lichen Folgen. Ich erzähl Dir das mal bei Gelegenheit.

Und nun bin ich schon ganz zappelig in Erwartung Deiner werten Person.

Gute Heimreise wünscht Dir und Deiner Oboe

Deine Agatha

PS.: Stimmt es, dass Du 1.Oboistin geworden bist? Gratu-liere!

VON IRRTÜMERN UND FEHLERN

Sonntagmorgen war's, aus der Ferne tönte eine Kirchenglocke.

Paul lag im Bett und überlegte, ob er sich nochmal umdrehen sollte. Da riss ihn das Telefon aus dem Halbschlaf.

„Ja, hier Lustig."

„Ja, hallo, du Schlafmütze! Hier Bärbl. Paul, ich will dir nur sagen, dass ich dich morgen besuchen möchte, weil ich ganz überraschend frei habe. Ich fahre mit der Bahn und lass mich vom Taxi bei dir absetzen. Wenn es dir ungelegen ist, ruf mich gegen Abend nach Dienstschluss an. Tschüüss! Bärbl."

Paul freute sich sehr, denn sie beide hatten sich schon lange nicht mehr gesehen. Bärbl war in seinem Leben immer der große Halt gewesen, hatte stets einen guten Rat für ihn und gleich ihm die Fähigkeit zum geduldigen, aufmerksamen Zuhören. Ihr Kommen erinnerte ihn daran, in seinem Zimmer mal gründlich aufzuräumen und sauber zu machen, das heißt Bücherstapel aufzulösen und einzusortieren, mal mit Reinigungstuch und Staubsauger zu hantieren, in der Küche einen gründlichen Abwasch vorzunehmen und nicht bloß heißes Wasser über die Teller und Tassen laufen zu lassen.

Eigentlich hätte er viel lieber Agatha besucht, aber die hatte ja sonntags immer Dienst im Café Wien und kaum Zeit für ihn. Ein Sonntag ohne sie war aber doch nur eine halbe Sache.

Im Café war Agatha beim Servieren zwar gleichbleibend freundlich, doch ihre Gedanken schweiften immer wieder ab und drehten sich um den verunglückten Abend in !Werners Piano-Bar". Sie hatte sich zwar entschuldigt und Paul hatte die ganze Peinlichkeit heruntergespielt und so getan, als würde ihn das nicht tangieren. Aber sie konnte ihm das nicht so recht abnehmen. Er war ihr zu schweigsam gewesen.

„Na, Mädchen, tut's dir dann doch leid, dass das heute dein letzter Tag bei uns ist?", unterbrach sie die Chefin in ihren Gedanken. „Mir jedenfalls schon. Wir alle werden dich vermissen."

„Ich euch auch, Chefin." Agatha musste schlucken. "Ich komm dann morgen früh ins Büro wegen der Abrechnung und der Arbeitsbescheinigung."

Am Vormittag des nächsten Tages radelte Agatha zum Café Wien und machte einen kleinen Umweg zu Pauls Wohnung. Sie wollte ihm mitteilen, dass ihre Arbeit im Café endgültig beendet sei.

Warum steht Paul auf dem Gehsteig und schaut die Straße hinunter? wunderte sie sich.

Da sah sie ein Taxi heranfahren. Paul riss die Autotür auf und eine chic gekleidete Dame stieg aus. Sie war etwas größer als er und wohl auch um einige Jahre älter.

Agatha blieb wie angewurzelt stehen und beobachtete, dass Paul ihr um den Hals fiel, ihr sogar einen Kuss gab, den sie herzlich erwiderte.

Das gab Agatha einen Stich ins Herz. So hatte Paul sie noch nie geküsst! Wenn überhaupt, war sie es, die ihn geküsst hatte, und er hatte sich nur auf ein Bussi beschränkt.

Agatha spürte, wie ein Schmerz in ihr hochstieg. Sie fühlte sich verletzt und irgendwie hintergangen.

Wer war die Frau, die jetzt sogar mit Paul ins Haus ging? War das vielleicht seine Schwester, von der sie nichts wusste, weil Paul sie nur zweimal en passant erwähnt hatte? Aber so küsst und umarmt man doch keine Schwester! Nicht so! Das war mehr. Viel, viel mehr.

Agatha fuhr weiter. Sie spürte Bitterkeit und Zorn in sich wachsen und sie konnte ihn nicht unterdrücken. Ihre Enttäuschung wäre aber bestimmt nicht so groß gewesen, wenn sie Bärbls Frage hätte hören können. Denn es war in der Tat Pauls Schwester, und die hatte sie sogar gesehen. Sie fragte nämlich wenig später in Pauls Wohnung ihren Bruder, ob das junge Mädchen mit dem Fahrrad und dem dicken Haarknoten seine Freundin gewesen sei. Paul hatte Agatha nicht bemerkt, aber er bejahte Bärbls Frage. Jung - Fahrrad - Haarknoten - das alles passte nur zu seiner Freundin.

Tags darauf musste Agatha das Vorspiel im Fach Klavier absolvieren. Peter war auch gekommen. Er wollte von der Empore des Prüfungssaales aus zuhören. Was Agatha dann darbot, überraschte ihn und die Prüfer sehr. Agatha spielte die Beethoven-Sonate mit Feuer, mit Trotz, ja Verzweiflung, mit allem Widerspruch der Gefühle, die in ihr tobten.

Als Peter sie draußen vor dem Konservatorium dann abholte, umarmte er sie, geradezu erschüttert ob so viel Expressivität.

Agatha erwiderte seine Umarmung, dankte ihm für seine pianistische Unterstützung und hielt sich eine Weile an ihm fest. Sie war selbst noch in einem Ausnahmezustand. Erst als Peter zum Parkplatz ging, stieg sie auf ihr Fahrrad und radelte davon.

Beiden war entgangen, dass Paul alles mitbekommen hatte. Er steckte im allabendlichen Stau und musste zusehen, wie seine Agatha den für ihn Fremden umarmte.

64

Zwei Tage später dasselbe Spiel. Agatha hatte ihre allerletzte Prüfung in Harmonielehre und Modulation hinter sich.

Diesmal war Paul pünktlich. Wieder sah er Agatha die Treppe des Konservatoriums herunterspringen, direkt dem wartenden Mann in die Arme, und sie gaben sich einen intensiven Kuss.

Ich hab den Kerl doch schon mal gesehen! Aber wo nur?

Paul zermarterte sich das Hirn. Natürlich! In der Piano-Bar! Agatha kannte ihn bestimmt schon länger !

Nun kam sie strahlend auf Pauls Auto zu, riss die Türe auf und jubelte: „Alles vorbei! Keine Prüfungen mehr! Freust du dich nicht auch?"

Doch Paul war nicht zum Jubeln zumute, sein Hals war wie zugeschnürt. Der Augenschein war ihm schon Gewissheit genug.

Als Agatha ihn verwundert ansah, brachte er nur ein kurzes, hartes „Das ist wohl dein Neuer!" heraus. Dabei schaute er sie nicht einmal an.

Agatha fuhr zurück. Verbissen schweigend fuhr er sie nach Hause zu Frau Bräsl. Schweigend öffnete seine Freundin – war sie es denn noch? – die Türe, schaute ihn entsetzt und völlig verständnislos an.

Paul vermied jeden Blick und fuhr schnell davon.

Aus Pauls Tagebuch:

Agatha hat mir sehr weh getan. Aber ich ihr auch. Schon in dem Moment, als ich sie fragte, ob das ihr Neuer sei, wusste ich, dass das falsch war. Aber ich konnte den Satz nicht mehr zurücknehmen. Ich wollte ihr auch wehtun.

Wie kindisch. Welch ein Idiot bin ich doch gewesen! Aber vielleicht hat sie wirklich einen neuen Freund, und ich hab nur nichts davon mitbekommen. Ach, ich weiß auch nicht, wie das alles noch weitergehen soll, was ich denken soll.

FUNKSTILLE

Das folgende Wochenende war rückblickend wohl das bedrückendste in ihrer beider Leben.

Agatha war sich keiner Schuld bewusst, konnte sich nicht erklären, weshalb Paul so schroff und abweisend zu ihr war. Gleichzeitig spürte sie, dass sie doch einen Fehler begangen hatte.

Warum nur hatte sie ihn nicht gefragt, weshalb er beim letzten Zusammentreffen so schmallippig reagierte?

Warum hatte sie nicht gefragt, wer die Unbekannte war. Und warum hatte sie sich nicht dazugesellt und sich zu ihrer Freundschaft mit Paul bekannt?

Paul warf Agatha im Geiste vor, dass sie anscheinend hinter seinem Rücken sich einen neuen Freund gesucht hatte.

Weshalb hatte er sie nicht schon beim ersten Verdacht darauf angesprochen? Und weshalb dann in diesem bissigen, bewusst verletzenden Ton?

Vor allem, wer war der Mann überhaupt, den sie wie einen Liebhaber umarmt und geküsst hatte?

Je länger beide darüber nachgrübelten, umso mehr bauten beide eine Verteidigung auf, die darin bestand, die eigene unterlassene Frage – und mehr war es ja nicht – herunterzuspielen, und dem anderen dieses Versäumnis als Absicht und das folgende Schweigen als gewollt anzulasten. Dabei war es doch nur Eifersucht, Trotz und Scham, einen Fehler einzugestehen.

Und so warteten beide darauf, dass vom anderen ein erklärendes, entschuldigendes Signal käme, damit man nicht selber den ersten Schritt tun müsse. Beide blickten zuhause wiederholt aus dem Fenster, ob nicht doch Pauls Auto oder Agatha auf dem Fahrrad auftauchen würde. Aber weder Auto noch Fahrrad, weder eine schriftliche noch mündliche Nachricht. Nichts!

Soll er doch mit der Frau glücklich werden! dachte Agatha tieftraurig.

Soll sie doch mit dem Kerl glücklich werden! dachte auch Paul in bockigem Selbstmitleid.

Agatha blieb keine Zeit, auf Paul selbst oder eine Nachricht von ihm zu warten. Sie hatte Anton versprochen, unmittelbar nach Abschluss ihrer Prüfungen nach Hause zu kommen und ihm bei der Ernte zu helfen. Deswegen warf sie nur eine kurze Nachricht in Pauls Briefkasten. „Anton braucht meine Hilfe. Bin nach Hause gefahren. Warum meldest du dich nicht?"

Bevor sie endgültig ihre Brücken abbrach, führte sie noch zwei Telefonate, eines mit der Musikschule in Landesberg. Diese hatte in einer Fachzeitschrift annonciert, dass sie eine Lehrkraft für Gitarre und Klavier suche. Dienst beginnend zum neuen Schuljahr.

Das andere Telefonat führte sie mit dem Vorstand des Männerchores in Landesberg, welcher dringend eine neuen Chorleiter oder eine Chorleiterin suchte, am besten ab sofort. Agatha war ein Männerchor lieber als ein gemischter Chor, weil es ihrer Erfahrung nach dort weniger Sticheleien und Getratsche gab.

Beide Anrufe waren durchaus erfolgreich, sie musste halt noch eine offizielle Bewerbung und das Prüfungszeugnis in der Musikschule nachreichen. Normalerweise hätte Agatha jetzt getanzt vor Freude, aber so ganz alleine gelang es ihr nicht, und so richtig zufrieden war sie auch nicht.

Danach verabschiedete sie sich von Frau Bräsl, die tränenüberströmt dabeistand, als Agatha ihre wenigen Sachen in zwei Koffern unterbrachte.

„Mei Mädele, jetzet hent ma uns so schee ananand g'wöhnt und jetzt isch de Zeit ascho wiadr vorbei!", schluchzte die alte Frau und fiel Agatha um den Hals, die nun ihrerseits in Tränen ausbrach.

Dann brachte sie ihr Gepäck zu Herrn Brüderle, der ihr versprochen hatte, die Koffer zum Bahnhof zu fahren, und setzte sich aufs Fahrrad.

Auf dem Weg zum Bahnhof hielt sie kurz bei der Kirche St. Afra. Sie wollte noch eine Kerze vor der heiligen Agatha anzünden mit dem Anliegen, ihr oder noch besser ihnen beiden aus der Sackgasse und ihrem Liebeskummer zu helfen. Ich lieb ihn doch, murmelte sie, als sie die Kirche verließ.

Auch Paul hatte sich nach einem Arbeitsplatz umgesehen. In der Universität war ihm vor geraumer Zeit ein Stellenangebot aufgefallen, das nun schon fast zwei Monate am Schwarzen Brett hing: Das Staatsarchiv in Neunburg benötigte einen Mitarbeiter. Anschauen kann ich mir das ja, dachte Paul.

Ein weiteres Angebot kam vom Heimatmuseum in Landesberg, dort suchte man einen Museumsleiter. Auch das kann interessant sein, überlegte er.

Kurz entschlossen stieg er ins Auto und fuhr erst einmal nach Neunburg, einer hübschen kleinen Stadt an der Donau.

Was er im Archiv allerdings zu sehen bekam, war ernüchternd. Graue Regale, graue Kartons, graue Mitarbeiter. Nein, so konnte er sich seinen zukünftigen Arbeitsplatz nicht vorstellen.

Mit Bedauern verabschiedete sich der Archivleiter von ihm, er hätte so dringend einen neuen Mann gebraucht. Vielleicht würde Herr Lustig sich das Ganze noch einmal überlegen?

Doch Herr Lustig fand keinen Grund zum Überlegen. Gerade jetzt wäre ihm Agathas Meinung sehr wichtig gewesen. Mit dem richtigen Lebenspartner an der Seite kann man auch einen langweiligen Arbeitsplatz aushalten.

Ach Agatha!

Sie fehlte ihm sehr, und er sah ein, dass er einen großen Fehler begangen hatte und dass er diesen dringend wieder gutmachen musste.

Ich liebe sie doch, flüsterte er während der Rückfahrt immer wieder.

ARBEIT FÜR DIE POST

Brief Bärbls an Agatha:

Liebes Fräulein Schönfelder,
nein, so geht das nicht. Ich fang' nochmal an.

Liebe Agatha,
obwohl wir uns noch nicht persönlich kennen, sage ich einfach Du zu Dir. Uns verbindet immerhin eine Person miteinander: mein Bruder Paul. Er hat mir Deine Adresse in Anfing gegeben und mir vorgeschlagen, euer Bauernhaus bei Gelegenheit zu besichtigen. Das werde ich gerne tun, aber zuerst muss ich einige Dinge klarstellen:

Ich habe Dich neulich bei meinem Besuch bei Paul gesehen, ohne Dich sofort erkannt zu haben. Wie sollte ich auch! Paul hat mir zwar immer wieder von Dir (und euch beiden) erzählt, aber nie, wie Du ausschaust, was Du gerne trägst. Nur Deinen Dutt hat er erwähnt. Männer gucken halt nie so richtig hin, und wenn, dann nie darauf, was uns Frauen wichtig ist. Du weißt schon, was ich meine.

Ich habe für Paul nach dem Tod unserer Eltern (Verkehrsunfall) alleine gesorgt, so gut es eben ging, habe seine Schulzeit mit durchlitten, sein Studium beobachtet und wenn er einen Rat brauchte – und das war oft der Fall – ihm einen gegeben, so gut ich's halt wusste.

Daneben habe ich meine Ausbildung zur Krankenschwester gemacht. Sicher hatte ich nie so viel Zeit für ihn, wie er für seine Entwicklung gebraucht hätte. Natürlich hab ich dann und wann gemerkt, dass er was auf dem Herzen hatte, aber mir fehlte manchmal die Kraft dazu, nach dem anstrengenden Dienst mich auch noch mit – sagen wir mal – männlichen Problemen zu befassen. Da er keine Freunde gefunden hatte, mit denen er sich hätte austauschen können, war ich sein einziger Ansprechpartner. Gerade was sein Verhältnis zu Mädchen anging, konnte ich ihm wenig raten. Ich bin froh, dass er dennoch gut geraten ist und da bin ich schon ein wenig stolz darauf.

Was ihm noch zu einem richtigen, verantwortungsvollen Mann fehlt, musst Du ihm halt beibringen. Paul ist, man glaubt es vielleicht nicht, ein wenig schüchtern und durchaus nicht so selbstbewusst, wie er sich manchmal gibt.

Ich hoffe, dass wir uns bald einmal persönlich kennen lernen.

Bärbl

Als Agatha diesen Brief gelesen hatte, war sie sehr erleichtert. Ihr Paul hatte also keine andere Frau, sie war die einzige! Andererseits war sie wütend, dass er sie in diesem Irrtum hatte sitzen lassen und kaum mal etwas von Bärbl erzählt hat. Sie beantwortete deren Brief postwendend:

Liebe Bärbl,

vielen, vielen Dank für Deinen Brief. Gott sei Dank, dass Du Deine Adresse auf das Kuvert geschrieben hast, ich wüsste sonst nicht, wohin ich meine Antwort schicken könnte. Paul, der hat mir natürlich Deine Anschrift nicht mitgeteilt, und von Dir habe ich so gut wie nichts erfahren. Nur dass es eine Schwester gibt, hat er irgendwann mal erwähnt. Ist das nicht empörend? Verstehst Du, dass ich saumäßig wütend auf ihn bin? Und Du müsstest es eigentlich auch sein.

Ich habe aber auch noch einen anderen Groll in mir. Ich höre nichts von ihm, weder telefonisch noch brieflich noch persönlich. Nun muss ich zugeben, dass ich mich auch nicht gerührt habe. Ich war so entsetzt von seiner schroffen Art zu fragen, ob ich einen neuen Freund hätte, dass es mir die Kehle zuschnürte.

Bärbl, ich habe keinen neuen Freund, glaub mir! Paul hätte mich ja auch fragen können, dann hätte ich ihm die richtige Antwort schon gegeben. Ich will ihn nicht verlieren, aber ich kann doch nicht einfach zu ihm sagen: Du, ich habe keinen anderen Freund, hab mich bitte wieder lieb! Ich liebe ihn, aber um seine Liebe betteln mag ich nicht. Oder ist das falsch gedacht?

Ach, es wäre schön, wenn Du etwas näher wohnen würdest, dass ich mich mal schnell mit jemandem aussprechen könnte. Mein Bruder Anton würde, glaube ich, Paul am liebsten in Ketten legen und zu mir schleifen, und Mama würde mir zwar stundenlang zuhören und mir bestenfalls raten, Geduld aufzubringen. Ich will aber nicht geduldig sein. Verstehst Du das?

Deine Agatha

Auch Paul bekam einen Brief, allerdings in einer raueren Tonart.

Brief Antons an Paul:

Paul,
seit einigen Tagen ist Agatha hier bei uns. Aber so kenne ich sie nicht, sehr schweigsam, antwortet auf Fragen mit „Ach nichts!", wenn überhaupt, und gestern Abend habe ich sie in ihrem Zimmer heulen gehört!

Paul, was ist los mit Euch? Habt ihr Euch so gestritten, dass Ihr gleich auseinandergeht? Agathas Freundin Ina war mit ihrem Mann Peter hier. Der hat Agatha ja bei den Prüfungsvorbereitungen unterstützt und war auch bei der Prüfung anwesend. Normalerweise wäre Agatha an die Decke gesprungen vor Freude, Ina wieder zu sehen. Aber diesmal nur ein dürftiges „Schön. dass Du wieder da bist, Ina" und „Leider hab ich überhaupt keine Zeit für Euch. Anton und ich müssen wieder aufs Feld."

Nun, Ina und Peter sind gleich wieder verschwunden. Agatha reagierte auf meine Frage nur mit einem „Ach, lass mich in Ruh!" Diese Woche hat sie auch die Chorleitung in Landesberg angenommen. Aber auch darüber erzählt sie so gut wie nichts.

Paul, wenn zwischen Euch was steht, dann seid nicht eingeschnappt, sondern setzt euch gefälligst zusammen und sprecht Euch aus. Ich kann es nicht leiden, wenn man meiner Schwester wehtut. Und wenn das der Fall wäre, wirst Du mich kennenlernen! Also komm her und red mit Agatha, und zwar bald!

ANTON

Antons Brief brachte Paul ganz aus der Fassung. Nicht nur wegen der unverhüllten, in der Sache aber doch vagen Drohung, sondern weil ihm endlich ein Licht aufging, wie diese Missverständnisse zustande gekommen waren. Er brauchte einen Rat, und zwar von seiner Schwester.

Brief Pauls an seine Schwester Bärbl:

Liebe Bärbl,

hab ziemlichen Mist gebaut und ich brauch mal wieder Deinen Rat. Ich hab Agatha, glaub ich, sehr verletzt. Das ist mir aber erst jetzt durch einen Brief ihres Bruders Anton ganz klar geworden. Ich hab gemeint, dass sie einen neuen Freund hätte, und hab sie nicht danach gefragt, ich Rindviech. Dabei ist dieser „Freund" gottseidank nur der Mann ihr Freundin Ina! Agatha hat sich aber auch nicht geäußert und ist zurzeit bei ihrem Bruder.

Bärbl, ich liebe Agatha! Das ist mir erst jetzt so richtig bewusst geworden, jetzt wo sie weg ist. Ich hab mich auch schon um eine Arbeitsstelle umgesehen. Aber ich will nicht alleine irgendwo anfangen. Ich brauche sie, ihre Heiterkeit, ihre Liebenswürdigkeit, ihre Wärme. Ich bin ganz durcheinander. Wie fang ich's an?

Dein unglücklicher Bruder Paul

Als Bärbl den Brief gelesen hatte, war sie sehr versucht, sich sofort ans Telefon zu hängen. Aber dann las sie Agathas und Pauls Briefe nochmal und fand, dass etwas Schriftliches besser ist, weil man auf das geschriebene Wort immer wieder zurückgreifen kann.

Brief Bärbls an Bruder Paul:

Lieber Paul, Du liebes Rindviech,

Agatha hat mir geschrieben, und sie ist genau so unglücklich wie Du. Sie hat mich für eine neue Freundin von Dir gehalten und nun ist sie sehr froh, dass dem nicht so ist. Und sie hat mir auch versichert, dass dieser Dritte nur ihr Klavierlehrer war und – jetzt lies das zweimal! – dass sie Dich liebt.

Was willst Du noch von mir einen Rat? Setz Dich ins Auto und fahr umgehend nach Anfing. Mach nicht den gleichen Fehler wie ich damals. Ich habe vor Jahren aus dummem Stolz und weil ich meinte, mich zuerst um Dich und meine Ausbildung kümmern zu müssen, dem Dr. Baldauf einen Korb gegeben. Erinnerst Du Dich noch an ihn? Er kam meist am Sonntagnachmittag uns besuchen.

Ihr beide erinnert mich an zwei Wanderer, die einander suchen und auf einen Ruf des anderen warten. Nur steht ihr mit dem Rücken zueinander und lauft in entgegen gesetzte Richtungen.

Dreht Euch um! Paul, lass dieses Juwel nicht aus der Hand fallen! Fahr los!

Deine Schwester Bärbl

VOM SCHWEIGEN UND VERTRAUEN

Bärbl war gerade im Stationszimmer, als das Telefon klingelte. Sie seufzte, weil man heute Morgen wieder mal sechs Arme und vier Beine hätte haben müssen.

„Ja , hier Station IV. Schwester Lustig."

„Guten Morgen, Bärbl! Hier Paul. Ich hab's eilig. Vielen Dank für deinen Brief. Er kam gestern und du hast Recht wie immer. Ich fahr gleich zu Agatha."

Bärbl antwortete nicht gleich, weil sie von Paul keine so schnelle Entscheidung gewohnt war.

„Das ist das einzig Richtige, was du tun kannst. Grüß deine Agatha von mir und fahr vorsichtig. Ich muss jetzt aber hier weiter machen. Mach's gut!"

Bärbl schnaufte erleichtert auf. Es wird doch noch alles gut werden, schoss es ihr durch den Kopf.

Diesmal hatte es Paul sehr eilig, nach Anfing zu kommen, deshalb nahm er die Schnellstraße bis Landesberg. Für die Landschaft hatte er heute keinen Blick. Mit jedem Kilometer stieg seine Freude auf das Wiedersehen, aber auch eine Bangnis, wie ihn Agatha und Anton wohl empfangen würden. Würden sie ihn überhaupt sehen wollen?

Schon lag der Hof vor ihm, schon trabte die Hündin Luise heran, schon rannten einige Hühner aufgeregt vor dem Auto her.

Paul klingelte.

Nach einer Weile tat sich die Türe auf.

Mit finsterem Gesicht stand ihm Anton gegenüber. „Bis'd endli doch no kemma! Jetzt schau, dess' d des Duranand – !"

Hinter Anton schob sich Agatha vor, bleich und sehr ernst. „Anton, lass! Das ist meine Sach. Unsere Sach!"

Anton brummte etwas vor sich hin und verschwand im Innern des Hauses.

Agatha und Paul standen sich schweigend gegenüber.

„Grüß dich Gott, Paul", kam es von ihr.

„Agatha, ich ...."

„Paul, das besprechen wir nicht zwischen Tür und Angel. Komm, wir fahren ein wenig weg! Ich kenne da ein Fleckchen, wo wir ganz ungestört sein können."

Paul wendete das Auto, Agatha holte noch einen Picknick-Korb und eine Decke und stieg dann zu. Schweigend fuhren sie eine kurze Strecke einen Hügel hinauf, von wo man einen prächtigen Ausblick über die Flur und das Dorf hatte.

„Wollen wir uns unter die Eiche setzen?", schlug Agatha vor. „Ich hab auch eine Decke mitgenommen."

Paul nickte nur. Wie sollte er bloß das Gespräch anfangen?

Nach kurzem Überlegen erkundigte er sich erst einmal nach Agathas letzten beiden Prüfungen.

Agatha fing den „Ball" auf und berichtete, wie gut ihr die Beethoven- Sonate gelungen war und dass die Harmonielehre auch gar nicht so schwer gewesen sei. Den Namen Peter erwähnte sie aber nicht. Sehr wohl aber erzählte sie ihm von den beiden erfolgreichen Telefonanrufen an der Musikschule Landesberg sowie dem Männerchor ebenda und dass sie die Chorleitung schon innehabe. Es mache ihr viel Freude.

„Und bei dir?", fragte sie. „Hast du schon etwas in Aussicht? Du wolltest dich doch nach einem Arbeitsplatz umsehen."

„Hab ich auch. Ich bin nach Neunburg ins Staatsarchiv gefahren. Aber das ist nichts für mich", antwortete Paul. „Ich hab noch an anderer Stelle nachgefragt, aber das ist noch nichts Sicheres. Wenn es klappt, werde ich dich damit überraschen."

Agatha blickte ihn fragend an.

„Keine Angst", beruhigte sie Paul. „Es ist kein Geheimnis. Aber ich möchte dich damit wirklich überraschen."

Agatha beschloss, nicht weiter zu bohren. Stattdessen fragte sie nur: „Magst einen Kaffee?"

„Gern. Ach Agatha, ich war so ein Trampel, so ein Idiot. Und ich muss mich entschuldigen für mein rüpelhaftes Benehmen, damals im Auto. Verzeihst du mir das? Bitte!"

„Aber ja, Paul. Ein Idiot warst du bestimmt nicht. Ein bisschen Trampel allerdings schon. Aber tröste dich, ich war auch nicht gerade sehr feinfühlend."

Und allmählich kam das Gespräch in Gang. Paul erzählte von den Briefen, die er von Bärbl und Anton erhalten und die ihm sein völlig grundloses Misstrauen vor Augen gehalten hatten. Agatha wiederum berichtete von Bärbls Brief und ihrem falschen Verdacht.

„Wir haben uns benommen wie zwei Kinder im Sandkasten", sagte sie. „Wirklich gekränkt hat mich jedoch dein fehlendes Vertrauen, Paul, und dass du mir ein Verhältnis mit Peter überhaupt zugetraut hast."

„Aber du hast ihn so fest umarmt und geküsst! Da hab ich wirklich gedacht, dass ..."

„Paul, mein Lieber." Agatha legte ihre Arme um seine Schultern. „Es gibt solche und solche Küsse. Küsse aus Dankbarkeit und alter Freundschaft, und das war hier der Fall. Und Küsse aus Liebe, und die sind etwas ganz anderes. Die gibt man nicht so leicht und nur mit vollem Ernst."

„Heißt das, dass das nicht mehr als ein Freundschaftskuss war?"

Agatha nickte und errötete ein wenig.

Paul sah nun Agatha direkt in die Augen. „Dann wollen wir uns doch endlich mal einen richtigen Kuss geben. Weil, Agatha, ich liebe dich nämlich, und nicht erst seit gestern."

„Und ich dich. Du weißt gar nicht, wie sehr!", hauchte sie.

Paul beugte sich über Agatha, und die beiden küssten sich mit einer Hingabe, in der all ihre Sehnsucht steckte und die gleichsam ein Versprechen war.

Als sie wieder zu Atem kamen, sagte Agatha: „Wir wollen in Zukunft wirklich alles gemeinsam besprechen und erst gar keine Unklarheiten aufkommen lassen, mein Liebster. Ach, ich leg mich ein wenig ins Gras. Die Sonne ist so schön warm, das Gras duftet so herrlich."

Als Paul seine Agatha so neben sich liegen sah, streckte auch er sich aus. „Mein Süße", sagte er leise und strich ihr vorsichtig über ihre Wange.

Agatha schloss die Augen. Dann drehte sie sich mit dem Rücken zu ihm, um sich ganz fest an ihn zu schmiegen.

„Halt mich fest, Liebster. Ganz, ganz fest!", bat sie und legte ihren Kopf auf seinen rechten Arm. Den linken zog sie wie eine Decke über sich. Beide hielten den Atem an, denn noch nie waren sie sich so nahe gekommen.

Schweigend lagen sie lange so bei einander, die Wärme und den Atem des anderen spürend. Beide fühlten, wie das Vertrauen in ihnen wuchs und sie langsam überflutete und durchdrang. Paul sog den Duft ihres Haares ein und küsste sie ganz sacht auf den Nacken.

Darauf nahm Agatha seine Hand und legte sie auf ihre Brust. Jetzt hatte sie ihren Paul ganz für sich und bei sich. Und sie wusste, dass sie zu ihm gehörte.

Paul zog sie ganz fest an sich, als wollte er sie schützen, sie bewahren. Sie war seine Liebste, seine Agatha. Nicht sein Besitz, aber sie war ihm anvertraut.

EIN MERKWÜRDIGER HEIRATSANTRAG

Agatha lag eng an Paul geschmiegt, als sie auf einmal hochfuhr und einen Schrei losließ: „Mein Gott, das hätte ich jetzt beinah vergessen!"

Paul, aus seinen Träumen heraus gerissen, fragte sie: „Was ist denn los?"

„In einer halben Stunde beginnt meine Chorprobe! Das schaff' ich mit dem Rad ja nie bis dahin."

„Das schaffen wir schon, Liebste. Ich fahr dich hin und komm einfach mit."

„Ach Paul, das ist aber lieb von dir. Und es macht dir nichts aus, zwei Stunden zu warten? So lange dauert die Probe nämlich."

„Aber nein. Ich schau und hör dir halt zu."

„Also dann. Fahren wir los!"

Auf der Fahrt nach Landesberg fragte Paul: „Sag mal, wie heißt deine Mutter eigentlich mit Vornamen? Ich kann doch nicht weiterhin Frau Schönfelder zu ihr sagen."

Agatha kicherte: „Dreimal darfst du raten."

Paul dachte kurz nach: „Doch etwa nicht ... auch ... Agatha?"

Agatha lachte: „Doch, doch! Aber sie hat noch einen zweiten Vornamen, Rosina. Aber am liebsten hört sie auf ‚Mama'."

„Von deinem Vater hast du auch noch nie was erzählt."

Agatha wurde ganz ernst. „Ach, Papa, wir vermissen ihn alle sehr. Eigentlich war er ein ganz einfacher Bauer mit nur sieben Jahren Volksschule. Aber Musik und Lesen waren ihm immer wichtig. Er hat sich selber das Mundharmonikaspielen beigebracht. Die Harmonika ist jetzt in Antons Besitz. Und wenn Papa mal ein Stündchen Zeit hatte, las er. Am liebsten Biographien und Reiseliteratur. Im Winter, wenn die Feldarbeit ruhte, hockte er in seiner warmen Werkstatt und schnitzte. Er hat es ja auch uns beigebracht. Du hättest dich bestimmt gut mit ihm verstanden."

Mittlerweile waren sie vor dem Vereinsheim des Männerchores angelangt. Da noch zehn Minuten Zeit waren, blieben sie schweigend nebeneinander sitzen, bis Agatha eine für Paul schwierige Frage stellte.

„Warum, mein Lieber, hast du mir nicht schon eher gesagt, dass du mich liebst? Ich habe doch nur darauf gewartet."

Paul zögerte, bevor er antwortete: „Weißt du, meine Liebe, du bist so schön, und ich bin doch so, so durchschnittlich nur, so, so unattraktiv. Alle Männer schauen dir hinterher, viel attraktivere als ich. Ich hab mich einfach nicht getraut. Ich konnte nicht glauben, dass ich bei dir eine Chance habe!", stieß er heraus.

Agatha verschlug es den Atem. Ihr Paul, der so zuverlässig, einfallsreich und standfest erschien, war ihr gegenüber auf einmal so schüchtern? Das wollte ihr nicht in den Kopf und sie fand dieses Eingeständnis rührend und komisch zugleich, je länger sie darüber nachdachte. Irgendwie erinnerte sie das an den Elefanten, dem es vor einer Maus gruselt.

„Du bist doch gar nicht unattraktiv, Liebster. Glaub mir! Aber vielleicht reden wir nachher nochmal darüber. Jetzt wird's langsam Zeit für die Chorprobe."

„Einen Augenblick noch, bitte!" Paul hielt einen Moment inne, dann sprudelte es geradezu aus ihm heraus: „Willst du meine Frau werden, Agatha? Ich muss das jetzt wissen. Und wenn ja, wann heiraten wir? Wärest du mit dem ersten Septemberwochenende einverstanden?"

Agatha blieb schon wieder die Luft weg. Dann lachte sie aus vollem Herzen: „Du bist mir vielleicht ein komischer Held, Liebster! Erst wartest du eine kleine Ewigkeit, um mir zu sagen, dass du mich liebst, und dann folgt wie der Donnerschlag nach dem Blitz die Frage, ob ich dich heiraten will."

Jetzt brauchte Agatha eine kleine Pause, um Atem zu schöpfen und dann zu antworten: „Jaa, mein Liebster, ich will! Ich will! Ich will! Tausendmal ja! Und der Termin ist mir auch total recht!"

Sie fiel ihm um den Hals, und sie versanken in einen innigen Kuss, der alles bestätigte. Und wenn Paul nicht mit dem Ellbogen an die Hupe gekommen wäre, hätte sich der Probenanfang noch weiter verzögert.

Höchste Zeit, dass sie ausstiegen und ins Vereinsheim gingen. Der Chor war bereits versammelt. Als der Vereinsvorstand die beiden ankommen sah, stutzte er ein wenig und fragte dann: „Sie sehen so zufrieden aus, Frau Schönfelder. Gibt es etwas Besonderes?"

Agatha strahlte ihn an: „Das will ich meinen! Gerade eben habe ich im Auto einen Heiratsantrag bekommen."

„Von ihm?", fragte der Vorstand.

„Ja, von ihm."

Da drehte sich der Vorstand um und rief dem Chor zu: „Denkt euch, unsere Chefin will heiraten!"

Ein lautes Hallo und Hurra und Gratulieren und Glückwünschen hob an.

„Da gennd ma ja richdsch neidsch wern", sächselte einer.

„Singt er mit?", wollte ein gewichtiges Mannsbild wissen.

„Nein", lachte Agatha. „Er kann nicht singen."

„Na, da passt er ja zu uns."

Bei der nun folgenden Probe langweilte sich Paul keinen Augenblick. Seine Agatha hatte den Männerhaufen bestens im Griff. Paul kam es vor, als ob die meisten der Sänger ein wenig in ihre schöne Chorleiterin verliebt wären. Mit großem Interesse verfolgte er die weichen, aber entschiedenen Handbewegungen und die Reaktionen des Chores darauf.

Einstudiert wurde die Motette „Denn er hat seinen Engeln befohlen über dir" von Mendelssohn-Bartholdy.

Paul hatte bislang keine Vorstellung gehabt, wie schön das Chorsingen sein und wie gut ein Männerchor klingen kann. Insgeheim überlegte er, ob er nicht auch mitmachen sollte. Vielleicht so ganz hinten neben einem, an den er sich musikalisch anlehnen könnte.

Beim Verabschieden gab der Vorstand noch bekannt, dass die nächste Probe ohne Agatha stattfinden müsse, aus bekanntem Grund, und dass der Chor bei der Trauung singen werde. Vollständiges Erscheinen sei also dringend erforderlich.

Als die beiden zufrieden und müde nach Hause fuhren, fragte Agatha nach einer Weile: „Paul, was liebst du eigentlich an mir? Ich bin doch nur ein einfaches, manchmal sehr unwissendes Mädchen."

Paul musste noch lange nachdenken. „Bei dir fällt mir immer was ein; Du bist so etwas wie meine Muse. Ich mag deinen Humor und deine ausgeglichene Heiterkeit. Wir können über die gleichen Dinge lachen und über alles sprechen. Du bist zu jedem vorbehaltlos freundlich, sogar zu den dicken Tortenschlachtschiffen im Café. Ich brauch dich einfach zum Leben, und das nicht nur aus haushaltstechnischen Gründen."

Agatha war glücklich. Als Paul ihr dann dieselbe Frage stellte, antwortete sie: „Ich fühl mich einfach aufgehoben und sicher bei dir. Du hast mich schon einmal beschützt und wirst es immer wieder tun. Da bin ich mir sicher. Du nimmst mich ernst, und ich bin deiner Stimme schon beim ersten Mal verfallen. Sie ist wie ein Sofa, weich, warm und trotzdem bestimmt."

„Und seit wann ist das so?", bohrte Paul weiter.

Agatha dachte einen kurzen Moment nach. „Das kann ich nicht so auf den Tag genau festlegen, Liebster. Das ist so gewachsen. Auf alle Fälle, glaube ich, seit unserem Museumstanz. Und du? Kannst du sagen, seit wann du mich liebst?"

Paul antwortete: „Als wir euren Hof besuchten, wurde mir klar, in welch sicherem Umfeld du groß geworden bist, familiär und auch, es mag gelahrt klingen, geistig. Du siehst immer positiv in die Zukunft, strahlst Wärme aus und das Gefühl, dass mit und bei dir die Welt noch in Ordnung ist. Du bist ein Juwel. Weißt du das?"

Agatha liefen diese Worte runter wie Öl. Trotzdem meinte sie: „Ich hoffe nur, dass ich in Zukunft dem entsprechen werde, was du heute in mir siehst."

Paul entgegnete spontan: „Das hoffe ich auch von mir. Vornehmen wollen wir es uns auf alle Fälle."

Zuhause angekommen wartete auf sie eine warme Leberknödelsuppe.

„Mama denkt doch immer an alles", sagte Agatha glücklich.

Schweigend löffelten sie die Suppe. Erst jetzt merkten sie, dass sie seit dem Frühstück nichts mehr zu sich genommen hatten. Gott sei Dank war auch für jeden noch eine zweite Portion übrig.

Dann wurde es Zeit, schlafen zu gehen. Schweigend umarmten sie sich lange.

„Ich weiß, was du gerne möchtest, Liebster. Ich möchte es auch", flüsterte Agatha Paul ins Ohr. „Aber nicht heute und auch nicht hier. Es war ein so turbulenter Tag. Für unser erstes Mal wollen wir uns viel Zeit und Ruhe nehmen."

Sprach's, drückte ihm noch einen Kuss auf den Mund und huschte davon.

Als Paul im Bett des Gästezimmers lag, lief ihm der gesamte Tag wie ein Film durch den Kopf. Er endete mit einem Bild von Agatha im Zimmer nebenan, wie sie in einem dünnen Nachthemdchen in ihr Bett stieg. Doch diese Vorstellung blieb mangels Detailkenntnissen ziemlich vage. Dennoch war Paul glücklich. Voll guter Vorsätze für seine nähere und fernere Zukunft schlief er ein.

VOM NACHDENKEN UND VORBEREITEN

„Kinder! In acht Täg soll de Hochzeit sei. Es wird hechste Zeit, dass ma uns vorbereida. A kloane Feier muass ma au' plana", sagte die Mama und bedeutete ihren Kindern und Paul, sich noch nicht vom Frühstückstisch zu erheben.

„Paul, bis' d so guad und machsd d'r a paar Notiza?"

Paul holte sich Papier und Kugelschreiber. Agatha räumte den Tisch frei.

Die Mama fing an: „Z'erschd müass ma wissa, wen ma ois ei'lada woi'n."

Anton: „No ja, erscht a moi mia vier!", und erntete großes Gelächter.

„Ja werscht du moana, dass ma d' Agatha odr n Paule da lassa?", lachte die Mama.

„Naa, natürli net. 'S gehd ma hoit nur darum, wie vui Sitz-plätz ma herrichda muaß", verteidigte sich Anton. „Also, wer kummt no?"

Paul: „Meine Schwester Bärbl natürlich."

Agatha: „Ina und Peter, die sollen ja bei der Trauung spie-len."

Paul: „Wissen die des?"

Agatha: „Noch nicht. Ich sag es ihnen schon noch rechtzei-tig."

Mama: „Und den Patr Odilo derf ma ned v'rgessa. Und dei Patntant' Ambrosia. Wann se scho ned orgla derf, dann muass ma se wenigschd zum Essa eilada."

Agatha seufzte. „Und das muss sein?"

Mama: „Ja. Des muass sei. Und so garschtig is se ja au wiada net. Nur dick und a weng doaret. Schwerhörig halt."

Anton: „Und wer schdeht in dr Küchn? Doch net du, Mama?"

Mama: „Naa. Ich hab scho d' Nachbare gfragd, de Margod. De machds. I koch z'mindescht vor."

Agatha: „Und ich frag die Elisabeth, ob sie beim Auftragen mithilft. Ich wollte sie eh bitten, ob wir ihre Ferienwohnung nutzen dürfen, wenn die Bärbl da ist. Die soll dann in mein Zimmer, und der Paul und ich, wir ziehen uns in die Ferienwohnung zurück." Agatha strahlte dabei ihren Paul an.

Der fragte aber erst mal zurück: „Wer ist Margot? Und wer ist Elisabeth? Und was ist das mit der Ferienwohnung?"

Agatha klärte ihn auf: „Margot Fellner ist die Nachbarin. Sie wohnt in dem ersten Hof unten an der Straße. Und Elisabeth ist eine alte Schulfreundin von mir. Ihr Mann und sie haben das alte Austraglerhäusl in eine Ferienwohnung umgebaut und sie überlässt sie uns bestimmt. Es ist frei, ich hab beim Vorbeifahren kein Auto mit einem fremden Kennzeichen davor stehen sehen."

Anton: „Und die soin dann beim Kaffä wenigscht da sei, wenn i des reachd vrsteh?"

Mama: „So isd' s."

Anton: „Des senn dann zwölf Leit. A so an groaßn Disch ham'r fei net. A was! I stell zwoa Bierdisch und Bänk auf, und wenn ma des schee ei'deckt und Kissala auflegd, dann gehd des scho."

Nachdem die Gästeliste also feststand, fing ein eifriges Hin- und Hertelefonieren an. Alle Eingeladenen waren kaum überrascht, als sie von der bevorstehenden Verheiratung von Agatha und Paul hörten, sehr wohl aber über die Kürze der Zeit, die bis dahin noch verblieb.

Bärbl freute sich sehr, sagte auch ihre umgehende Ankunft zu, als sie hörte, dass Agatha mit ihr zum Einkauf des Brautkleides gehen wollte und sie außerdem als Trauzeugin vorgesehen war. So nebenbei war dies auch eine gute Gelegenheit, ihren Berg an Überstunden in der Klinik abzutragen.

Frau Bräsl freute sich ebenfalls über die Maßen, dass ihr „Mädele" heiraten wird. Agatha versicherte ihr, dass sie abgeholt wird und mit ihren Freunden mitfahren kann. Dabei setzte sie deren Einverständnis kühn voraus. Frau Bräsl teilte ihr noch mit, dass sie Post vom Konservatorium erhalten habe. Agatha versprach, diese persönlich morgen oder übermorgen bei ihr abzuholen.

Pater Odilo konnte den Trautermin einrichten, bat aber, dass die Brautleute zwei Tage vorher bei ihm vorbei schauen sollten. Er möge es nicht, wenn er „den Bräutigam erscht in dr Kirch zum erschten Mal zu G'sichd" bekommt.

Mit dem Bürgermeister verhandelte die Mama. Nach langem Hin und Her und mancher Schmeichelei war er bereit, die standesamtliche Trauung am Tag vor der kirchlichen vorzunehmen.

Mit Ina sprach Agatha ganz kurz. Sie sagte nur, dass sie eine Überraschung für sie hätte und in ein, zwei Tagen selbst vorbeikäme.

Frau Fellner und Elisabeth waren sofort bereit, das ihnen zugedachte Amt zu übernehmen. Und wegen der Ferienwohnung gab es keine Schwierigkeiten. Die Saison wäre eh vorbei, meinte Elisabeth, und deswegen könnten die beiden die Wohnung nutzen, bis sie was Eigenes hätten.

Soweit waren also die Vorbereitungen gediehen. Nun mussten nur noch die vielen Laufereien überstanden werden.

Am Montag der Hochzeitswoche machten sich Paul und seine Agatha auf den Weg in die Stadt, um drei wichtige Besuche zu absolvieren.

Der erste war bei Pauls WG-Mitbewohner Gottlieb, dem Mediziner. Paul wollte seinen eigenen Mitvertrag auflösen und ihn auf diesen übertragen. Das gelang erstaunlich schnell. Gottlieb war sehr froh, auf solche Art zu einer eigenen Unterkunft zu kommen. Paul konnte sogar seine Möbel und Kakteen vorerst stehen lassen, bis er eine neue eigene Wohnung gefunden hatte.

Der nächste Besuch führte sie zu Frau Bräsl. Als sie die Treppe zu ihrer Wohnung hinaufstiegen, hörten sie, dass jemand auf der Violine übte.

„Frau Bräsl hat wohl schon einen Nachmieter", meinte Agatha und klingelte an der Wohnungstüre.

Da wurde auch schon aufgemacht und Agatha mit einem „Mei Mädele!" umarmt. „Kommed doch rei!", rief Frau Bräsl. Es roch immer noch ganz vertraut nach Kernseife und Sauerkraut.

„Nur ganz kurz, Frau Bräsl. Wir haben noch so viel vor!"

„I kaa mr'sch denka, Agathale. Und i g'frei mi a für eich und dass i dabei sei derf. Jetzed gib i dia abr erschd amol dei Boschd", sagte sie und drückte Agatha ein Kuvert in die Hand. Paul erinnerte die alte Bäsl nochmals daran, dass sie am Samstag in der Frühe abgeholt werden würde, und dass er sie anrufen wolle wegen der genauen Uhrzeit.

Weiter ging es zu Peter und Ina. Dort wurden sie mit großem Hallo empfangen. Ina und Agatha hatten sich doch so lange nicht gesehen! Ina fragte schelmisch, ob Agathas Überraschung nicht vielleicht „Hochzeit" genannt würde. Agatha nickte nur mit dem Kopf und wie auf Kommando fielen sich die beiden Freundinnen strahlend in die Arme. Die Terminfrage war schnell gelöst. Ina hatte noch keine Orchestertermine und Peter hatte als Schulmusiker noch Ferien. Natürlich würden sie die musikalische Gestaltung gerne übernehmen und selbstverständlich nähmen sie Frau Bräsl mit nach Anfing.

Während die beiden Frauen sich in Erinnerungen, Reiseschilderungen und Modefragen vertieften, kam Paul mit Peter ins Gespräch und amüsierte sich im Stillen über dessen Berliner Dialekt. Sie sprachen ja zum allerersten Mal mit einander.

Paul: „Und du bist also der Peter, Inas Freund. Nicht?"

Peter: „Nee, ik bin ihr Mann. Und du bist Agathas Bräutijam. Aha!"

Paul: „Es wird Zeit, dass wir uns mal kennenlernen. Gesehen hab ich dich ja schon ein paar Mal."

Peter: „Ach nee! Und wo'n da? Da hätt ik dia ja ooch man seh'n missn."

Paul: „In der Musik-Bar und als du mit Agatha aus dem Konservatorium gekommen bist."

Peter: „Ah, ja. Weeßte, ik hab dem Mee'chen en bissken unter de Arme gegriffn. Ik kenn ihr nu so lange schon. Ik hab ihr ja man Klavierunterricht jelernt und in Harmonielehre 'n paar Tips jejebm. Is ja nich soo schwer. Bei de Modulazion nimmste den Dominantseptakkord der Zieltonart, und – Zack! – schon biste da, wo de hin willst."

Paul: „Ich versteh nur Bahnhof."

Peter: „Is klar. Du bist ja ooch' n Historiker, nich?"

Paul: „Ja. Agatha und ich, wir haben uns eigentlich durch einen Zufall kennen gelernt. Eine Zeitlang hab ich sogar geglaubt, dass du ihr neuer Freund wärst."

Peter: „Aber nich doch! Ik werd dich doch dein Mee'chen nich ausspann! Ik hab doch meine Ina. Und noch' ne Frau, det wäre ja nich zum Aushalten." Dabei lachte er ganz herzhaft. „Aber nu heiratet ihr ma scheen!"

Als Paul sich später mit Agatha im Auto über Ina und Peter unterhielt, fasste er sein Gespräch ganz kurz zusammen: „Er ist ja ein netter Kerl. Aber berlinern tut er fürchterlich und eine Quasselstrippe ist er auch."

Letzte Station dieses Tages war ein großes Bekleidungsgeschäft in Landesberg. Paul brauchte schließlich einen Hochzeitsanzug, und zwar einen, den man auch weiterhin anziehen konnte.

Agatha übernahm mit Freuden die Aufgabe, ihren Bräutigam herauszuputzen, und Paul erlebte zum ersten Mal, welch ernsthafte Überlegungen und Entscheidungen die Mode von den Frauen abverlangte. Nach langem Hin und Her kam ein anthrazitfarbener Anzug im Trachtenschnitt heraus, dazu eine grüne Weste, ein weißes Hemd mit hohem Kragen und eine rote Halsschleife.

„Chic schaust du aus, mein Liebster!", lobte Agatha ihren Bräutigam. „So kannst du dich wirklich sehen lassen!"

Ziemlich erschöpft kamen die beiden zurück auf den Hof. „Alles geregelt, Mama. Und einen Anzug für Paul haben wir auch gefunden."

„Fehlt nur no dei Brautkleid, Madl", gab Mama zu bedenken.

Darauf Agatha: „Während Paul beim Anprobieren war, hab ich mich schon mal umgesehen. Ich glaub, dass ich was gefunden habe. Lass dich nur mal überraschen, Mama."

PAULS ÜBERRASCHUNG

Kurz nach dem Frühstück klingelte das Telefon. „Für di persönlich, Agatha. Dr Patr Odilo."

„Ja , Herr Pater? Was gibts? – Hm! – Das ist schlecht, weil wir da – um fünf Uhr Nachmittag? – Das geht! Also bis dann. Schönen Tag auch noch, Herr Pater."

„Was hat er gwoit, d' Padr?", fragte die Mama.

„Ach, am Donnerstag kann er nicht, da muss er eine Beerdigung halten. Ob wir heute kommen möchten, wollte er wissen. Ich hab Ja gesagt."

„Da müssen wir uns aber ranhalten", stellte Paul fest.

„Von mir aus können wir fahren, Liebster. – Tschüs, Mama. Bis später."

Wieder war Landesberg das Ziel, diesmal aber ein Juwelierladen. Es galt Eheringe zu besorgen. Aber ganz einfache sollten es sein, ohne Stein und auch ohne Gravur.

„Ich denke, dass wir uns auch ohne das immer an den Hochzeitstag erinnern werden", meinte Agatha, „und wenn wir den vergessen, dann ist sowieso einiges kaputt."

„Du bist aber ganz schön radikal", fand Paul. „Schließlich kann das doch mal passieren."

Agatha hätte dazu zwar einiges Grundsätzliches zu erwidern gewusst, ließ es aber um des lieben Friedens willen bleiben.

Auf dem Weg zum Juwelier kamen sie an der Musikschule vorbei.

„Halt bitte mal, Paul. Ich spring schnell rein und gebe das Schreiben vom Konservatorium ab."

„Was steht denn drin?", wollte Paul wissen.

„Ach nur die Prüfungsergebnisse", antwortete Agatha so beiläufig. Es sollte ganz selbstverständlich klingen, aber innerlich platzte sie beinahe vor Stolz.

„Klavier Note 1, Gitarre Note 1, Flöte Note 1, Chorleitung Note 1, Musikgeschichte 2, Harmonielehre 3. Gesamtnote 1,5", murmelte Paul. „Respekt , Respekt!"

„Ist das nicht prima?", jubelte Agatha und fiel Paul um den Hals. „Ich bin gleich wieder da." Sie sprang aus dem Wagen und verschwand in dem alten Gebäude.

Als sie wenig später wieder kam, stolz wie ein Pfau, erzählte sie Paul, dass man ihr gratuliert habe und sich freue, dass sie die Stelle antreten werde. „Und nun auf zum Juwelier!"

Da beide wussten, was sie wollten, ging die Auswahl der Eheringe ganz schnell. Gold ohne irgendwelche Verzierungen und ohne Gravur. Nur die passende Ringgröße musste noch ausgesucht werden. Agatha wurde ganz andächtig, als sie den Ring, ihren Ring, am Finger spürte.

„Nehmen Sie die Ringe gleich mit?", fragte der Verkäufer.

Da diese Frage bejaht wurde, steckte er jene in eine kleine Schatulle und übergab sie Paul.

Langsam fuhren sie durch die Altstadt. Weil Paul sich immerzu suchend umsah, fragte ihn Agatha: „Suchst du was Bestimmtes?"

„Ja", sagte Paul ruhig. „Das Heimatmuseum."

„Oh, da sind wir soeben vorbei gefahren."

Paul hielt an und stieß zurück, bis er vor einem etwas herunter gekommenen Barockhaus stand.

„Paul? Was willst du hier?", wollte Agatha wissen.

„Eigentlich nur dir meinen zukünftigen Arbeitsplatz zeigen", tat Paul ganz unbeteiligt. Innerlich aber freute er sich tierisch, dass ihm diese Überraschung gelungen war.

Agatha jedenfalls blieb der Mund offen stehen. Sie kapierte es nicht gleich.

„Heißt das, dass wir in Zukunft ...? Ach Paul, du Schuft! Hast nicht ein Sterbenswörtchen gesagt! Ich hab mir schon Sorgen gemacht!"

„Jedenfalls ist mir die Überraschung gelungen!"

„Das kann man wohl sagen." Agatha schenkte Paul einen Blick voll Zärtlichkeit. „Und nun werden wir gemeinsam zum Arbeiten fahren und sogar gemeinsam zum Mittagessen gehen können. Wie schön!"

Paul ging in das Gebäude, das in Zukunft sein Museum sein würde. Er wollte sich umsehen, sich selber auch sehen lassen, vielleicht den ein oder anderen künftigen Mitarbeiter kennenlernen.

Als er wieder zurückkam, schüttelte er den Kopf und lachte vor sich hin. Agatha fragte ihn und Paul schilderte ihr seine ersten Eindrücke:

„Liebste, das Museum ist ein richtiger Saustall. Außer der Dame an der Kasse war niemand da, die Präsentation ist ein einziges Durcheinander, völlig ideenlos. Ist das nicht prima? Ich muss nicht in ein fremdes Konzept schlüpfen. Ich kann mir alles ganz neu aufbauen, was ich immer schon wollte." Paul strahlte vor Glück.

„Sollen wir uns gleich auch noch nach einer Wohnung umsehen?", schlug Agatha vor.

„Du, nein. Das machen wir später, wenn wir wissen, was wir wollen. Jetzt wird erst mal geheiratet!"

Beide lachten glücklich.

Zuhause berichteten sie Mama und Anton von dem erlebnisreichen Vormittag und zeigten die Eheringe. Mama betrachtete sie ganz nachdenklich.

„Mei Agatha mit' m Eheringla! Schad, dass des dr Papa net seha ko."

Pünktlich um fünf Uhr stellten sie sich wie vereinbart bei Pater Odilo im Pfarrhaus ein.

„Schee, dass'r pünktli kemma seid", lobte der fromme Mann die Zwei und führte sie in sein Gesprächszimmer. „Eiere Papiere hent dr dabei?", wollte er wissen.

Die beiden händigten sie ihm aus und Pater Odilo warf einen kurzen Blick drauf. „Sonscht derf i eich net traua", erklärte er.

Danach fragte er, wie viele Gäste denn kämen, wer die Orgel spielen und ob etwas gesungen würde. Als Agatha ihm sagte, dass sie einen Orgelspieler und eine Oboistin hätten und dass ein Chor aus Landesberg singen würde, schnaufte der Pater erleichtert.

„Also die Ambrosia schpielet net?",. vergewisserte er sich. „Dann wird's a scheene Hochzeit."

Damit war das Traugespräch beendet.

Paul und Pater Odilo verfingen sich anschließend noch in ein Gespräch über alte Folianten und Bücher und der Geistliche führte Paul in das angrenzende Archiv, um dem Bräutigam seine Raritäten zu zeigen.

Paul war begeistert. Hier fanden sich Quellen und Materialien, die in seinem Museum später einmal ausgestellt werden konnten und bestimmt auch Beachtung finden würden. Hätte Agatha nicht zum Aufbruch gedrängt, wer weiß, wie lange die beiden Männer noch gefachsimpelt hätten.

„Und morgen kommt die Bärbl", freute sich Paul, als sie draußen auf der Straße standen. In der Abenddämmerung fuhren sie zurück zum Hof.

„Nach Hause", sagte Paul, und er meinte es auch so.

BÄRBL KOMMT

„Um 9.30 Uhr kommt der Zug an, hat sie angekündigt. Und jetzt ist es bereits 9.40 Uhr." Nervös schaute Paul immer wieder auf seine Armbanduhr.

„Beruhige Dich!", sagte Agatha. „Auf zehn Minuten kommt es auch nicht mehr an. Schau, da fährt sie ja auch schon ein, die Bahn."

Quietschend kam der Zug zum Stehen. Die Türen schoben sich zur Seite. Die Fahrgäste stiegen aus.

Und da stand sie, die Bärbl, strahlte und breitete ihre Arme aus, um ihren Bruder und besonders ihre künftige Schwägerin zu umarmen.

Bärbl, 34 Jahre alt und damit acht Jahre älter als Paul, war eine hübsche Frau. Freilich nicht so zierlich wie Agatha, mehr von einer handfesten, fraulichen Figur, aber doch attraktiv, vor allem wenn sie etwas Makeup aufgelegt hatte wie heute. Sie trug einen farbenfrohen schwingenden Rock und einen leichten weißen Sommerhut.

Nach dem ersten Begrüßungssturm fragte sie in ihrer direkten Art: „Und, was haben wir heute vor?"

Agatha: „Du sollst mich beim Aussuchen meines Brautkleides beraten. Ich will nämlich in einem Dirndl heiraten."

„Oh! Das ist mir ganz neu!", meinte Paul dazu und öffnete die Wagentür, um die Damen einsteigen zu lassen.

„Das ist doch ganz klar, dass du davon nichts weißt", erklärte Bärbl. „Das ist reine Mädlsache. Als Bräutigam siehst du deine Agatha erst in der Kirche im Brautkleid."

Agatha kicherte und freute sich. Sie schmiegte sich an Bärbl, die für sie auf Anhieb wie eine große Schwester war. Auf der Rückbank gab es nun ein Getuschel, Gewisper und Geflüster, dass Paul sich sehr konzentrieren musste, um nicht vom Straßenverkehr abgelenkt zu werden. Er bekam so langsam das Gefühl, dass bei einer Hochzeit der Bräutigam nicht mehr als eine notwendige Zugabe ist.

Vor dem Bekleidungsgeschäft, in welchem sie gestern seinen Anzug besorgt hatten, hielt er an und ließ die zwei Damen aussteigen. „Ich nehme an, dass ich nur störe", sagte er ergeben.

„Da hast du vollkommen Recht!", erwiderte seine Braut und stolzierte zusammen mit ihrer Trauzeugin ins Geschäft.

Paul ging inzwischen ins Café nebenan.

Nach einiger Zeit kamen die Zwei bepackt mit einer riesigen Einkaufstasche wieder, eifrig diskutierend.

„Na, habt ihr was Schönes gefunden?" Paul zeigte durchaus eine gewisse ehrliche Neugierde.

„Lass dich überraschen, Bruderherz! Du wirst Augen machen!"

Zuhause wurden sie schon von Mama erwartet. „I hab eich' n Vanillepudding g'macht. Mit Himbeersirup. Falls ihr n App'tit habts", sagte sie. „Und jetzt kummts glei amoi mit in mei Zimma."

Die drei Damen verschwanden für längere Zeit. Paul und Anton machten sich derweil über den Pudding her.

„Magst mir a weng helfen?", fragte Anton. „I müasset no mein Opel wascha. So dreckat wia'r der is, ko i do net in' d Kirch fahra."

Paul war sofort dabei, und er staunte nicht schlecht, als Anton die Garage öffnete und einen alten Opel Kapitän herausfuhr. Ein Oldtimer! Und was für einer!

In Mamas Zimmer wurde nun erst einmal Agathas Kleid vorgeführt, ein langes rotes Dirndl, dazu ein grünes Mieder, eine weiße Dirndlbluse und eine weiße Schürze mit kleinen roten Rosen darauf. Ein Charivari sollte noch an das Mieder angenäht werden. Den Ausschnitt schmückte ein kleines Kreuz an einem silbernen Kettchen.

Bärbl staunte, als sie Agatha nach und nach im Brautkleid sich verwandeln sah. Was für ein schönes Mädchen! dachte sie.

Mama prüfte lange, ob alles in Ordnung war.

„A weng z'lang is scho! Du trittst ma ja drauf", fand sie. „Des bring i aber dann scho no in Ordnung."

Während Mama den Saum absteckte, sah sich Bärbl ein wenig in ihrem Zimmer um. Sie entdeckte eine kleine Holzfigur auf der Kommode, eine nackte, junge Frau mit langem fallendem Haar , die sich etwas zur Seite drehte und die Arme vor ihrer Brust kreuzte.

„Die is vo meim Joseph", erklärte die Mama, als sie Bärbls Blick bemerkte. „Die hat' r selba gschnitzt. Des soit i sei. Und i hab eam oft Modell steha müassa."

Die Mama lachte verschmitzt in sich hinein, wohl auch ein wenig stolz.

Nach der Anprobe wurde Bärbl in Agathas Zimmer einquartiert, wo ihr gleich weitere geschnitzte Figürchen auffielen. „Die sind aber von mir", stellte Agatha klar.

Ein begabtes Mädchen, fand Bärbl. Schnitzen, Klavierspielen, mal sehen, was in dieser Familie sonst noch so zum Vorschein kommt.

Während sie ihren Koffer ausräumte und das dunkle Kostüm auf den Bügel hängte, verstaute Agatha einiges in einer Reisetasche.

„Fahrt ihr weg, du und Paul?", erkundigte sich Bärbl erstaunt.

„Ja. Das Wichtigste ist erledigt und geklärt, und wir zwei wollen uns noch ein wenig kennen lernen", antwortete Agatha ausweichend.

„Übermorgen sind wir pünktlich zur Standesamtlichen wieder da."

Agatha ging aber nicht gleich zum Auto, in welchem Paul bereits wartete, sondern betrat Mamas Zimmer.

Dort fiel sie ihr um den Hals. „Ich hab ein wenig Angst, Mama, und bin so aufgeregt", flüsterte sie.

Die Mama strich ihrem Töchterchen übers Haar und sagte nach einer Weile leise zu ihr: „Mei, Madl, de Liab is so was Schöas. Aber denk dro, du muascht nix leist'n, in dr Liab scho gar net. Und da Paul a net. Sag's eam. Er hat ja sunst koan, der ihm so was sagt. Und nu fahrt, ihr Zwoa. Habt's a Freid an anand und mit anand."

Als das Paar den Hof verlassen hatte, setzten sich die Mama und Bärbl auf die Bank vor dem Haus.

„Kann ich was helfen?", fragte Bärbl. „Ich muss etwas zu tun haben. Ich mag nicht so untätig rumsitzen."

„Auf'm Hof gibts allwei was z'toa", meinte Anton. „Zum Beispiel d' Viacher füttra. Kummst mit?"

„Aber gern", antwortete Bärbl und folgte Anton in den Stall, wo die zwei Ziegen standen.

„Die weiße is die Lilli und die dunkle die Gretl", erklärte Anton. „Magst eana was gebm?", und drückte Bärbl eine Heugabel in die Hand.

Als ob sie nie etwas anderes getan hätte, legte Bärbl den Tieren das Futter vor und strich ihnen über den spitzigen Rücken.

„De Henner braucha a no was", fuhr Anton nach einer Weile fort und nahm den Eimer mit Körnerfutter auf. Draußen vor der Scheune stand ein Futterbehälter, in welchen er das Mischfutter einstreute. Anton erklärte Bärbl, dass Hühner einen freien Zulauf zum Futter brauchen und es auch gewohnt sind, ihre Nahrung aus der Erde zu picken.

Bärbl sah den Hühnern aufmerksam zu, hörte auf ihr leises Gackern wie auf ein Gespräch und bemerkte, dass der Hahn sie beobachtete.

„Hat der einen Namen?", fragte sie Anton.

„Na. No net. Wenn du oan woaßt, sag's!"

Bärbl nach einigem Überlegen: „Wie wär es mit Kassian oder Korbinian?"

Anton: „Korbinian gfoit ma. Na soll' r a so hoaßn."

Sie hat a Gspür für de Viacha, das is scho amoi guat! Und de Luisl mag sie a, stellte er fest, als er sah, dass Luise, die Hündin, ihren Schädel auf Bärbls Oberschenkel legte und die Besucherin treuherzig anschaute.

Für heute und den morgigen Tag gab es auf dem Hof noch einiges zu erledigen, und immer und überall war Bärbl dabei. Als Anton mit dem Traktor in den Wald fuhr, um Tannenzweige für den Haustürschmuck zu holen, fuhr Bärbl mit. Anton brachte ihr bei, wie man den Traktor lenkt. Nach einigen Ruckerern und auch mal Absaufen des Motors kriegte sie es schnell heraus, wie man mit dem „Biest" umzugehen hatte, und es machte ihr sogar sehr viel Spaß.

In der Küche half sie der Mama beim Kuchenbacken, indem sie die Zwetschgen entsteinte und die Äpfel in Scheiben schnitt. In der Wohnung schob sie den Staubsauger durch die Räume und sang dazu. Auf dem Hof half sie Anton, manch liegen- und stehengebliebene Gerätschaft aufzuräumen, band auch mal einen kleinen Blumenstrauß für den Wohnzimmertisch. Sie machte sich in Haus, Hof, Garten und Stall nützlich.

Anton und die Mama tauschten manch anerkennenden Blick. Man hätte meinen können, dass ihr Gast schon immer auf einem Bauernhof gelebt hatte.

Am Donnerstagabend saßen nach getaner Arbeit die Mama und die Bärbl beieinander auf der Bank neben der Haustüre.

„Mei, Bärbl. Des hätt halt mei Joseph no erleaba solla. Unser Madl is a Frau worda. Des tuat weh und is schee zuglei. Jetzet muass se ihr Leaba ganz alloi in d' Hand nemma. Abr sie hot ja en guata Maa g'kriaget, dein Bruada."

Und Mama musste ein wenig greinen, als sie Bärbl einiges von sich und ihrem Joseph erzählte, der ihr nun schon drei Jahre lang fehlte. Den sie gegen den Widerstand ihrer Eltern geliebt und geheiratet hatte. Weil er ein Kind von Flüchtlingen war, welche nie so recht Fuß im Dorf fassen konnten, mochte ihn ihre Mutter zuerst gar nicht leiden. Auch weil er Hochdeutsch sprach und bei seinen Kindern darauf bestand, dass sie sich vernünftig ausdrückten. Bei Agatha hatte es ja auch geklappt im Unterschied zu Anton, der sich gerne mit der männlichen Dorfjugend herumtrieb.

Ihr Joseph war ein fleißiger und vorausschauender Mensch gewesen. Er hatte den etwas runtergekommenen Hof wieder auf die Beine gestellt, einen Traktor und andere Maschinen angeschafft und manche Hypothek löschen können.

„Und dann legt'r si oifach hi und stirbt mer und lasst mi alloi! Ach Joseph, und heit wird dei Madl a Frau und i werd a oids Weib!", schluchzte sie.

Bärbl legte ihren Arm um die weinende Mama.

„Mir Eltra hent ois g'macht, was ma doa ko", sagte sie und schneuzte sich. „Ois andere is jetzat de Sach von de junge Leit."

Und die jungen Leute?

Nachdem sie den Hof verlassen und in die Ferienwohnung eingezogen waren, unternahmen sie erst einmal einen langen Spaziergang durch die Flur, die Stille und Kühle des Abends genießend. Ein Apfel genügte als Abendessen. Hand in Hand gingen sie wieder zurück, jedes Wort war überflüssig und störend geworden.

In der Wohnung aber trieb sie die Sehnsucht zu einander, und das Verlangen, sich mit Herz, Mund und Händen kennen zu lernen, schlug über ihnen zusammen.

Als Paul am nächsten Morgen erwachte und die Hand nach Agatha ausstreckte, fand er nur ein Billet-doux auf dem Kopfkissen.

Mein Liebster!

Heute Nacht bist Du mein Mann und bin ich Deine Frau geworden. Es war so schön und Du warst so liebevoll zu mir! Ich danke Dir von ganzem Herzen.

Mehr schreibe ich nicht. Man kann auch etwas zerreden und zerschreiben.

Deine Agatha

PS Ich bin noch schnell zum Bäcker gefahren, Semmeln holen für unser erstes gemeinsames Frühstück. Bis gleich.

VOM ENDE DER ZWIEBEL

Es war so weit, der Hochzeitstag war gekommen.

Bärbl lag noch im Bett, es war ja auch erst 6.00 Uhr früh. Angesichts des zu erwartenden langen Tages blieb sie liegen. Vielleicht könnte sie noch etwas schlafen.

Aber es ging nicht. Die Sonne schien ins Zimmer und als Bärbl endlich doch die Augen öffnete und zum Fenster blickte, stellte sie fest, dass der Tag glasklar und wolkenlos zu werden versprach. Sie stand dennoch nicht auf, sondern ließ den gestrigen Tag in ihrer Erinnerung vorüber ziehen, zuerst die knochentrockene, sehr sachliche Trauung auf dem Standesamt. Braut und Bräutigam, Trauzeugen, die Mama, alle in festlicher, dunkler Kleidung, als ob es eine Beerdigung wäre. Dann die Rede des Bürgermeisters, welche er wohl schon sehr, sehr oft abgespult hatte, der aber die beiden Heiratswilligen, wie er sie nannte, trotzdem aufmerksam folgten. Gott sei Dank kam er schnell zu einem Ende.

Das anschließende Mittagsmahl im Neuwirt am Dorfplatz war da schon wesentlich entspannter. Zwischendurch ging Anton einmal in die Küche zum Wirt selber und machte mit ihm aus, dass er morgen nach der Feier in der Kirche seinen größten Topf auf dem Kirchplatz aufstellen solle, gefüllt mit Würstln aller Art, dazu einen Korb mit Brezeln und einige Tragerl Bier.

„Für die Chorleit, de Musiker und de Freundschaft", erklärte er, als er wieder zurückkam. „Abr zwoa Würschtl san für des Luiserl!"

Am Nachmittag dann das muntere Treiben in der Küche. Agatha war auch gekommen. Als sie ihre Mama begrüßte, blickte diese sie ernsthaft an. Agatha umarmte sie fröhlich und sagte nur ganz leise: „Ach Mama!" Da war auch die Mama sehr froh: „Na ja, da muass ma ja gar nix mehra dazua sagn."

Zu dritt werkelten und schnatterten, rührten und kicherten die Frauen, schnibbelten und fielen sich in die Arme. Bärbl hatte die Mama, die doch immer so ernst war, noch nie lachen gehört und festgestellt, dass man ihr Lachen und das ihrer Tochter fast nicht unterscheiden konnte.

Jetzt aber musste Bärbl wirklich an' s Aufstehen denken. Unten vor dem Haus war so ein Gerutsche und Geknirsche und so ein Hin und Her, dass sie ans Fenster trat und hinaus schaute. Es war Anton, der die Tische und Bänke für die Hochzeitsgesellschaft aufstellte.

„Soll ich dir helfen?", rief sie hinunter.

„Na, des mach i scho alloa. Des machd ma ja a Schpaß!"

Bärbl sah zu, wie er weiße Tischtücher auflegte und den Tischschmuck zusammenstellte, lange Efeuranken, bestückt mit bunten Asternblüten, ganz einfach, aber geschmackvoll. Bärbl war ganz überrascht. In dem Kerl steckt doch mehr drin, als man von außen annehmen mag, fand sie.

Da klopfte es an die Zimmertüre.

„Bärbl, magst mitgeh?", fragte die Mama.

„Wohin denn?"

„N' Brautstrauß und' s Kranzerl zammstella!"

„Gern!", rief Bärbl und zog sich eilends an.

Die Mama wartete schon vor der Haustüre auf sie.

„Guten Morgen allerseits!", begrüßte Bärbl die Runde.

„I mach derweil n' Kaffää!", rief Anton den beiden Frauen nach.

„Woaßt, mir woin koan g'kafftn Strauß. Bei uns g'härt sich's, dass ma den selba brockt. I woaß a scho, wiar a ausschaua soll und wo ma die Sacha dazua findt."

Neunerlei Kräuter und Blumen mussten es sein. Johanniskraut, Knoblauchblüte, Schafgarbe, Spitzwegerich, Weide, wilder Kümmel, Dill, Holunder und Sauerampfer. Dazu als Schmuck Kornblumen und eine Rose. Bärbl sammelte für das Kränzchen Margariten, Butterblumen, Mohnblüten und allerlei Grünzeug. Zuhause würden sie alles zurecht schneiden, binden und noch ein wenig Trockenzeug dazutun, noch bevor Agatha zum Ankleiden kam.

So langsam wurde es auch Zeit, sich für den Kirchgang und die Zeremonie vorzubereiten. Agatha wurde von Paul gebracht, der seinerseits gleich zur Kirche weiter fuhr. Er sollte die Gäste empfangen, Ina und Peter, Frau Bräsl, die Tante Ambrosia, die er noch nie zu Gesicht bekommen hatte, und die Chorleute.

Agatha und die Mama verschwanden in deren Zimmer, und auch Bärbl richtete sich festlich her. Zwischendurch nahm jeder noch einen Schluck Kaffee. Zu mehr blieb keine Zeit.

Vor der Kirche standen schon die ersten Neugierigen und schauten zu, wie die Sänger eintrafen. Auch Ina und Peter waren rechtzeitig da und hatten, wie versprochen, die Frau Bräsl mitgebracht.

Die freute sich „ganz unbandig", als sie Paul sah.

„Mei, schauan Sie abr schee aus!", lobte sie ihn. „I bin ja a soo g'schpannd auf's Mädele, und was se Schäas ahat."

„Alle Chorleute bitte auf die Empore!", rief Ina. „Wir proben mal zusammen den Mendelssohn. Mein Mann Peter wird euch an der Orgel unterstützen."

„Da bin ich aber erleichtert", gab der Vorstand ehrlich von sich. „Dann muss es ja klappen!"

„Und hinterher nicht gleich wegrennen!", rief Paul. „Es gibt noch eine Stärkung für euch alle."

„Und a a Bier?", fragte einer.

„Klar! Und a a Bier."

Allmählich füllte sich die Kirche bis auf den letzten Platz. Pater Odilo kam kurz aus der Sakristei, um die Lage zu überblicken. Er war schon im Ornat und wandelte den langen Gang hinunter, um Braut, Brautmutter und Zeugen vor der Kirche zu empfangen. Paul wartete in der Kirche, wie es der Brauch war.

Die Glocken schlugen schon zusammen, als der blankgeputzte Opel mit den Frauen auftauchte. Anton ließ seine Damen aussteigen, Luisa die Hündin, allerdings sollte im Auto bleiben.

„Is er stuabarein?", erkundigte sich Pater Odilo.

„Ja scho", antwortete Anton.

„Dann derf er a mit rein. G'härt ja au zur Familie", entschied der Pater.

Als Frau Bräsl ihr „Mädele" sah, war sie ganz hingerissen. „Mei, a Dirndl hat's a. Und was a für a scheens!. Da kennt ma ja glatt heila vor Freid!"

Und dann begann eine Hochzeitsfeier, so festlich und so heiter, dass noch jahrelang darüber im Dorf gesprochen wurde.

Pater Odilo führte das Brautpaar und die Trauzeugen, Bärbl und Anton, und den Hund Luise in die Kirche. Dazu ertönte nun aber nicht ein Orgelgebrause, sondern Ina und Peter hatten die ungemein melodische, melancholische „Vocalise" von Rachmaninoff ausgesucht, bearbeitet für Oboe und Orgel.

Es war ganz still in der Kirche, als Anton seine Schwester herein führte. Aller Augen waren auf sie gerichtet. Paul, der vor dem Altar seine Braut erwartete, schüttelte mehrmals erstaunt den Kopf. Sie sah so wunderschön aus und war dabei so ernst und in sich gekehrt.

Auf halbem Weg zum Altar hielt Anton seine Schwester am Arm fest. Beide blieben sie für einen kurzen Augenblick stehen. Und dann folgte etwas, was viele zu Tränen rührte, weil jeder ahnte, welcher Sinn hinter der kleinen Zeremonie steckte.

Begleitet von der melancholischen Musik trat die Mama hinter ihre Tochter, zog den Steckkamm aus der Frisur, und die Zwiebel löste sich auf!

Mit einer kleinen Bürste glättete sie das lange dunkle Haar. Dann setzte sie ihrem Töchterchen das Blütenkränzchen auf und reichte ihr den Brautstrauß.

Es war wahrhaftig eine Befreiung, eine Krönung!

Anton legte Agathas Hand in die Hand ihres Bräutigams und setzte sich dann zu Mama und Bärbl in die erste Bank. Luise hockte neben ihm im Mittelgang.

Die Vokalise war beendet. Pater Odilo wartete noch ein wenig, dann sagte er: „Des war jetzt so ergreifend. Da muass a fröhlichs Liad drauf folga. Drum singet mir alle die Nummera 411, die erschte zwei Stropha. Des ‚Erde singe' kennet mia doch alle."

Und es kannten auch alle dies Lied und alle sangen mit.

Nach dem Lied gab der Pater das Zeichen, Platz zu nehmen. Es folgte die Predigt.

Pater Odilo stellte sich auf die Altarstufen, legte die Hände auf seinen mächtigen Leib und ließ seine Augen mit Wohlgefallen auf dem Bräutchen ruhen. Sodann folgte ein Satz, der in die Annalen des Dorfes einging:

„Heirate isch wie Weihnachta!"

Lange Pause. Gespanntes Schweigen, was nun wohl folgen würde.

Dann rief Pater Odilo mit erhobener Stimme: „Des Scheenschte is des Auspacka!"

Überraschte Stille erst, dann aber ein brüllendes Gelächter in der Kirche. Die Männer auf der Chorempore wollten sich gar nicht beruhigen, auch manch heiliges Gesicht unten in den Bänken vermochte nicht länger ernst zu bleiben.

Pater Odilo war ein Menschenkenner. Er wusste, dass das Lachen die Herzen bereit macht für manchen Rat und manche Belehrung. Und so wartete er, bis sich alle beruhigt hatten, und fuhr dann mit seiner Predigt fort.

Das größte Geschenk, das man machen könne, sei der Mensch selber. Mit einem kostbaren Geschenk gehe man aber sorgfältig um, man stelle es nicht in eine verstaubte Ecke, beschädige es nicht aus Leichtsinn und halte es in Ehren. Bei einem Menschen dürfe man das erst recht erwarten, und das sei ja auch der Sinn des Eheversprechens, das die beiden gleich ablegen würden.

„Schließlich müasset ihr des G'schenk ja unserm Herrgott wiadr z'ruckgeaba. Und der tät eich was verzähla, wann er was Verreckts wiadr kriaget, oder ihr hättet' s gar verlora. Amen."

Es folgten das Anstecken der Ringe und das Eheversprechen. Es war mucksmäuschenstill in der Kirche, als Agatha und Paul versprachen, in guten und bösen Zeiten einander auszuhalten und beizustehen.

„Mir alle send Zeuga von dem, was sich die Zwei versprocha hent", betonte Pater Odilo.

Luise, die Hündin, gab ein lautes „Wuff! Wuff!" von sich, was weitere Heiterkeit hervorrief.

„Und weil unser Herrgott auch durch de Viecher zu uns Menschen schpricht, hat dr Hund ganz Recht, wenn er au was saget", meinte der Pater dazu. „Setzet eich, der Chor will uns was vortraga."

Auf der Empore kurzes Gewisper und Intonieren, dann erklang die Motette „Denn er hat seinen Engeln befohlen über dir" von Mendelssohn, gesungen vom Landesberger Männerchor, leise begleitet von der Orgel, geleitet von Ina. Und der Chor sang mit so viel Konzentration und Hingabe wie noch nie zuvor. Das sagten die Mitglieder selber nach dem Gottesdienst.

Agatha aber, die bisher ganz in sich gekehrt und gesammelt war, brach in ein Schluchzen aus, das sie durch und durch schüttelte. Paul nahm sie fest in den Arm, wischte ihr die Tränen von den Wangen und küsste sie wieder und wieder. Der Satz „Dass sie dich behüten auf allen deinen Wegen" hatte sie so erschüttert und jede Anspannung und Verkrampfung gelöst.

Bärbl erschrak zutiefst, als sie Agatha so zusammenbrechen sah. Da aber die Mama strahlte wie nie zuvor, und auch Anton glücklich dreinsah, beruhigte auch sie sich schnell.

„Und jetzt gäbet eich n' Kuss. Abr dazua brauchet ihr den Segn der Kirch net. Des kennet ihr a so", fuhr Pater Odilo fort. „Und außerdem, d' Liab ka ma eh net verheimlicha, genauso weng wie den Rauch und den Huaschta."

Es folgten noch das Vaterunser und der Brautsegen.

„Jetzet muass ma abr wiada was singa. Nummr 405 ‚Nun danket alle Gott', zwoi Stropha. Und mir singa wiedr alle von Herza mit."

Damit war die Feier beendet. Zum Auszug spielten Ina und Peter die muntere Badinerie von Bach.

Alles war so stimmig und harmonisch verlaufen, dass die Gemeinde begeistert Beifall klatschte, der allen Musikern, dem Brautpaar und vor allem auch dem Pater Odilo galt, welcher der Feier ein so einmaliges Gepräge gegeben hatte.

Der Chor hatte inzwischen auf dem Vorplatz den Wurstkessel und das Bier entdeckt. Anton lud aber auch jeden ein, der daran vorbeiging, und es blieb nichts übrig bis auf zwei geplatzte Weißwürstl. Und die bekam Luise.

Allmählich verliefen sich die Leute, sich noch eifrig über die Feier und die Predigt unterhaltend. Die Mama nahm ihre Agatha in den Arm.

„Mir gehe noch kurz zum Papa", sagte sie. Anton, Paul und Bärbl folgten.

Am Grab legte die Mama ihren zweiten Strauß aufs Grab. „Siehgst Papa, unser Madl und ihr Moo. 'S ist ois guat ganga."

Auf dem Weg zum Parkplatz hakte sich Anton bei Bärbl unter: „Mir zwoi Eischichtige!" scherzte er und seine Augen blitzten sie an.

„Aber nun gibts was zum Essen!", meinte Paul.

„Ina, Peter, Frau Bräsl, kommt! Es ist bestimmt schon angerichtet!", rief Agatha.

Bevor man zum Hof zurück fuhr, nahm Agatha Bärbl beiseite. „Meinen Brautstrauß schenk ich Dir, Bärbl. Den soll die haben, die ihn am meisten verdient."

Anton stand daneben und grinste. Bärbl aber lief rot an, vom Haaransatz bis zum Hals. „Danke dir", flüsterte sie mit rauer Stimme. „Ich danke euch allen. Es war … Mir fehlen die Worte."

Und sie wischte sich die Tränen fort. Ihre ersten an diesem Tag.

TAFELSPITZ UND JENNERWEIN

Alles war schon hergerichtet, als die Brautleute und ihre Gäste wieder auf dem Hof ankamen. Frau Margot Fellner und Elisabeth hatten den Tisch gedeckt, Getränke bereit gestellt und in der Küche die Speisen vorbereitet.

Da man als Gast meist etwas zögerlich ist, wenn es darum geht, wohin oder neben wen man sich setzen soll, übernahm Anton das Amt des Einweisers. Er hatte sich schon seine Gedanken gemacht. Und entsprechend sah seine Sitzordnung aus. Er hatte sehr darauf geachtet, dass Bärbl ihm gegenüber saß, und er bemühte sich immerfort darum , dass es ihr an nichts fehle.

Bärbl betrachtete aufmerksam das Besteck, geschnitzte Holzgriffe mit floralem Muster. Kein Stück glich dem anderen.

„Wer hat denn so was Originelles gemacht?", fragte sie Anton.

„Na i halt", antwortete der nur kurz.

Bärbl hatte abermals Grund zum Staunen.

Als alle ihren Platz eingenommen und etwas zu trinken hatten, stand die Mama kurz auf.

„Liabe Gäscht, liabs Brautpaar, mir habn a so a scheane Trauung erleaba derfa, dass ma dem Pater Odilo, der Ina und dem Peter a ganz a herzlis Dankschee schuldi send. A Dankschee au dr Margot und dr Elisabeth, die uns aufwarta woin und die natürli sich a zu ons sitza werda. Es gibt z'erscht a Suppn mit Leberknedl und Griesnockerl, dann als Vorschpeis an Taflschpitz mit a Meerrettich-Soß, als Hauptschpeis a Schweinernes mit Semmlknedl und a Bayrisch Kraut, und henterher a Eis.

117

Was ihr net drpackts, müasset ihr mitnemma. Schüssla un Töpfla hent mer gnua. Und jetzet lasset's eich schmecka!"

Diese Aufforderung ließen sich die Gäste nicht zweimal sagen. Tatsächlich blieb nicht allzu viel übrig. Wieder staunte Paul, was seine kleine Frau so alles vertragen konnte, ohne Magendrücken zu bekommen. Nur Ina hielt sich zurück. Meerrettichsoße und Kraut lehnte sie gänzlich ab.

Agatha fiel das auf. Bevor das Eis kam, forderte sie Ina auf, sich ein wenig Bewegung zu verschaffen.

„Ist was los, Ina? Geht es dir nicht gut?", fragte sie besorgt.

Ina lächelte nur, strich sich über den Leib und sagte: „Weißt du, ich muss ein wenig aufpassen. Ich bin nicht mehr allein."

Agatha stutzte erst: „Willst du damit sagen, dass ...? – Nein!! – Im wievielten Monat bist du denn schon? Weiß Peter davon?"

„Nicht so laut, Agatha. Ich bin ja erst ganz am Anfang. Am Freitag war ich beim Frauenarzt, der hat die Schwangerschaft aber eindeutig bestätigt. Peter weiß noch nichts davon. Du bist aber bitte still! Ich möchte es ihm schon selber sagen. Und pass auf dich auf, Agatha. Kinderkriegen ist ansteckend!"

Agatha war ganz aufgeregt und es fiel ihr schwer, den Mund zu halten. Heute Abend aber würde sie es Paul erzählen müssen, länger könnte sie es nicht zurückhalten.

Was die Unterhaltung betraf, so hatten sich schnell Themen gefunden, über die man sich austauschen konnte. Mama und Frau Bräsl über ihre verstorbenen Männer, Margot und Tante Ambrosia über den aktuellen Dorftratsch, Bärbl und Anton über ihre Väter, wobei Bärbl erfuhr, dass auch Anton vom Vater das Schnitzen gelernt hatte und Mundharmonika spielt.

Agatha und Paul waren sich selbst genug in ihrer goldenen Wolke. Peter unterhielt sich ganz allgemein mit allen und Pater Odilo im Speziellen, der sich über dessen Berlinern köstlich amüsierte:

Peter: „Na, wie hat eich allen denn det Einjangssticke jefallen? Hat meine Ina det nich prima jespielt? Dat war de Vokalise von Rachmaninoff. Die Agatha wollte nemlich mal wat andres als ewich das Larcho und das Avemaria. Und ich lieb det ooch nich so, immer dat selwe."

Frau Bräsl: „Was hat er g'sait? Der schwätzet so schnell und het so a komische Ausschprach."

Anton: „Er hat gmoant, dass' r des Largo und des Afemaria net mog."

Tante Ambrosia: „Und dabei san des do so schäane Stickle! Und dia hätt i so geare g'schpuit! Weil i die ganz guat ko!"

Peter: „Und det Sticke am Schluss? Hat eich det ooch jefalln? Das war de Badinerie von Bach. Hat meine Ina ooch fein hinjekriegt."

Frau Bräsl: „Wia hat des Stickla g'hoißa?"

Anton: „Des Woart han i au no nia g'härt."

Tante Ambrosia: „Also, des hätt i ja nia könnt, so a schwars Ding. Da hätt i ja a ganz Joahr hi arwatn müassa."

Ina verfolgte grinsend Antons Übersetzungsversuche. Es war auch was Seltenes, einen berlinischen Sermon von einem Bayern für eine Schwäbin übertragen zu hören.

Bärbl kam die Idee, dass man doch auch gerne etwas Musik machen könnte. Damit waren alle einverstanden. Schlecht nur, dass Agathas Klavier in ihrem Zimmer im ersten Stock stand.

Da meinte Mama, ob denn nicht Anton mit der Mundharmonika ….

Anton aber wehrte ab: „I ko doch nur Boarisches. Und außerdem han i koane Notn!"

Agatha ließ das nicht gelten: „Mein lieber Bruder, Du kannst so viele bairische Lieder auswendig. Dann singen wir entweder gemeinsam, oder, wer halt ein Lied gut kann, solche Sachen."

Anton holte also seine Mundharmonika.

Die Mama machte den Anfang: „Margot, singst mit? Des ‚Sepp, bleib da'-Liadl. Is zweistimmig."

Und so nahm die Singrunde ihren Anfang. Es wurde viel gelacht und begeistert gesungen. Zur Ehre aller muss man sagen, dass sich niemand vom Singen drückte.

Agatha und Paul brachten die „Wirtsdirn vo Haslbach". Dabei fiel Paul nur die Rolle des Echos zu. Allein das letzte Wort hatte er zu singen, und je falscher er das tat, um so komischer war die Wirkung des Liedchens, in welchem sich drei Burschen beschweren, wie viel Leid sie wegen der Dirn zu bestehen hatten.

Bärbl sang den „lieben Augustin", danach alle zusammen mit viel falschem Pathos das „Jennerwein"-Lied.

Pater Odilo steuerte das Lied „d' Sau hat an schweinern Kopf" bei, und Ina das Lied „Warst net auffigstiegn".

Peter und Tante Ambrosia aber schossen den Vogel ab. Peter mit der beinah endlosen Ballade „Der Berliner Jemsenjäger" und die Tante Ambrosia mit dem sehr derben „Saubärngrunzer".

„Dass ma des net heit in dr Abendmess schpuist!", drohte ihr der Pater scherzhaft mit dem Finger. Paul fand Peter sehr sympathisch, er hätte ihm nie so viel Selbstironie zugetraut.

Dann sangen alle gemeinsam das bekannte „Fein sein, beinanda bleibn".

Nach dem Kaffee – es gab Zwetschgendatschi und Apfelkuchen mit Sahne dazu – verabschiedeten sich der Pater und Tante Ambrosia.

„I muass schpuin, liabe Leit. De Abendmess wartet."

Als nächstes machten sich Ina, Peter und Frau Bräsl auf den Heimweg.

„Kommst wiedr amoi, Berta?", fragte die Mama.

Wer war Berta? fragten sich Anton und Agatha. Als aber Frau Bräsl ein lautes „Jaa!" ausstieß, war diese Frage beantwortet. Die beiden hatten sich angefreundet.

Als Frau Berta Bräsl dann ins Auto einsteigen wollte, stieß sie einen Schrei aus und schlug sich die Hände vors Gesicht.

„Um Gotts Wuilln! Was is'n los?", fragte die Mama erschrocken.

„I hab des Hochzeitsgschenkerl vrgessa", stieß Frau Bräsl hervor.

„Und was wäre das gewesen?", hakte Paul nach.

„Zwoi schäane Kaffeedassa mit eiere Nama drauf."

Agatha und Paul schauten sich nur an. „Frau Bräsl, das ist nicht so schlimm. Wenn wir sie wieder besuchen, dann sind das eben unsere Tassen."

„Odr a so", sagte Frau Bräsl und stieg beruhigt ins Auto zu Ina und Peter.

Schließlich fuhren auch Agatha und Paul davon. Agathas Haar flatterte so wild, als sie ihren Kopf zum Fenster heraus streckte, dass man ihr Gesicht kaum erkennen konnte.

„Ich bin frei! Frei!", schrie sie fröhlich.

Mama lachte, sie wusste schon, wie es gemeint war, frei im Sinne von erwachsen, eigenverantwortlich, ohne Erwartungsdruck.

Die Zwiebel war das Symbol für alles Einengende gewesen. Nun war sie weg, und selbst als Kosewort hatte es sich Agatha verbeten.

Anton, Bärbl und die Mama blieben noch lange im Freien sitzen, bis es eben doch zu dunkel und zu kühl wurde.

Was war es für ein schöner Tag gewesen.

NACH(T)GEDANKEN

Anton lag im Bett und hatte die Nachttischlampe bereits ausgeschaltet. Aber schlafen konnte er noch lange nicht. Ihm gingen einfach zu viele Gedanken im Kopf herum:

Oiso an Alkohol mag's net, de Bärbl. Sie trinkt liaba a Wasser. Im Krankahaus siagt's einfach z'vui, vor allem wenn de Bsuffana auf'm OP-Tisch landn. Dann flickt ma's wiada zamm und nach'm hoibn Jahr san's scho wiada da. Deswegn mag's absolut koan Alkohol. Also i find des toll, wenn jemands so konsequent is.

Und dass beim Staubsaugn singt, da muasst a erscht lang suacha, bis' d oane findst, dera die Hausarwat so an Spaß macht, dass se dabei singa mog.

Und wann de Bärbl lacht, dann geht's ma owe wia … Da kriaget i fast a Gänshaut. Des kummt bei ihr so von Heazn und ganz tief. Einfach schea! Wia mr Traktor g'fahrn san, eigentlich mehra g'hupft als g'fahrn, da hat se so lacha müassa. Abr se hat's no hikriagt mit'm Gas und der Kupplung!

Und ausschaugn tuat' s a, dass' d gar net wegschaugn magst. De greabraune Augn, des Griabla am Kinn. O mei. Bärbl! I hab's gfragt, ob's net an Urlaub bei uns macha mecht und ob's se sich vorstella kunnt, allweil am Hof, i mein natürli bei mia und dr Mama z' bleiba. Da hat's mi ganz lang ogschaut, abr nix g'sagt. Und des is allweil bessa als Naa g'sagt. Sie passat scho guat her, de Bärbl. Weil bei uns is's scho manchesmal arg still. De Mama red net vui und i a net und sie bringet halt a Lebn ins Haus. Die Viacher mag's und de Viacher mögn sie. Und vor de Arwet hats kei Scheu.

I muass unbedingt schaugn, dass i des Madl kriag. I moan fast, dass sie mi a a bisserl mog. So wia's mi oschaut.

D' Agatha is vasorgt. Die hat'n guatn Moo kriagt. Jetzat bin i dro.

Bei all diesen Überlegungen schlief Anton selig ein.

Im Zimmer der Mama war ebenfalls das Licht schon aus. Mama steckte aber noch ein Kerzchen an und legte sich dann lang. Nachdenklich verfolgte sie die flackernden Schatten.

Joseph, bist'd da? Hearst mi? Siegst Joseph, ois is guat ganga. Dei Hof steht allwei no, dei Madl is guat verheiert, hat'n bravn Mo, der a guate Stellung hat. Kannst zufriada sei.

Weisst no, Joseph, wia du gschtorm bist, wiar i unsern Herrgott bettlet ha, er soi mi doch a glei hola? Zwoa Jahr lang hab i bittet und bettlet, abr er hat mi net zu dir glassa. Naja, es hot ja au no so vui z' toa geawa. 'M Anton helfa, so ganz alloa war er ja nia zreacht kemma. Dr Agatha no beisteha, helfa kunnt i ihr ja net, abr auf sie aufpassa. Dr Anton hat ja scho a drauf gschaugt, wer da ois auf'n Hof kemma is. Da warn scho arge Schlawiner dabei, dia gar z' gern eane dreckate Pfotn an unsrer Agatha abgwischt hättn. Abr der Anton hat eana scho heimgleucht. Mit'm Stecka!

Die Mama kicherte ein wenig.

Aber jetzet heul i nemme, und du muasst no a paar Jährla auf mi warta. I bin einasechtzg, des is no z' früa zum Abtreata. Dr Anton braucht mi no. Vor allem braucht er a Fraa. I woaß scho oane, und du woaßt a, wen i moan. Und hoffentli machtr sei Maul auf und redt. Abr da muasst du au a weng mitschiaba von da droba, Joseph. Und i muass mi ja dann a um die Enkala kümmra, woaßt. I hoff nur, dass se de Agatha net gar a so vui Zeit lasst und dass i des no mitkriag, von dr Schui und dr Lehr und so. Zwanzg Jahr war ma scho recht. Haltst es no so lang aus ohne mi? Abr dann komm i geana. Guat Nacht, mei Liaba.

Bärbl lag nicht im Bett. Sie saß vor dem offenen Fenster und blickte nachdenklich in die mondhelle Nacht hinaus.

Was für ein schöner Tag das doch gewesen war! Die Hochzeit war so heiter gewesen. Mein Paul sah so stattlich und männlich aus und die Agatha richtig lieblich. Ja lieblich ist das richtige Wort. Wie der Pater schon gesagt hat, Liebe kann man nicht verhindern und verbergen. Genau so wenig wie Rauch und Husten !

Bärbl kichert ein wenig in sich hinein.

Agatha hat mir erzählt, welch merkwürdigen Heiratsantrag ihr der Paul gemacht hat. Im Auto! Typisch Paul, typisch Mann. Nie direkt. Erst durch die Hintertür fragen! Ob das, was mich Anton gefragt hat, auch so ein Heiratsantrag per Umweg war? Ob ich mir vorstellen könnte, auf dem Hof zu leben, und zwar für immer? Wenn der Anton mich jetzt fragen würde, ich glaube, ich würde Ja sagen.

Ich mag ihn, den Anton. Er kann und macht so viel. Er ist ein ehrlicher und fürsorglicher Mann und wir sind, humormäßig glaub ich, auf der gleichen Schiene. Ich mag den Hof mit all seinen Tieren. Ich mag die Mama und ihre bescheidene, stille Art. Sie ist so eine kluge Frau. Jetzt bin ich erst den vierten Tag hier, es kommt mir aber vor, als wäre ich bereits einen ganzen Monat auf dem Hof. Morgen muss ich wieder zurück fahren, aber ich komme bald wieder, und wenn mich dann der Anton fragt, dann bleibe ich für immer. Den Hochzeitsstrauß hab ich auch schon! Und der Mond von heute Nacht wird dann immer mein Mond sein, und mein Bett wird dann unser Bett sein.

Jetzt leg ich mich aber doch hin.

Gute Nacht, Anton! Gute Nacht, Mama!

Endlich versank auch Bärbl in Morpheus' Armen.

Ende

Molto Giocoso

Florian L. Arnold
Siegfried C. Arnold
MOLTO GIOCOSO!
Musikalische Burlesken in Wort und Gedicht
Hardcover, durchgehend farbig illustriert, 84 Seiten
Farbcover
ISBN: 978-3-946423-04-1
15,90 Euro

Wenn sich ein Musiker und ein Zeichner, Vater und Sohn, zusammensetzen und ein Buch machen, kann das sehr vergnüglich werden. So auch bei „Molto Giocoso".
Komponist Siegfried Arnold textete im Stile Wilhelm Buschs oder Kurt Tucholskys frech über den Musiker in Not- und Sonderlagen, es reimt sich und limerickt im 5/8-Takt.
Zeichner Florian L. Arnold bebildert das Ganze mit anarchistisch-überbordenden Wimmelbildern, die den grotesken Welten eines Hieronymus Bosch ebenso entlehnt scheinen wie den Karikaturen William Heath Robinsons.